눈부신 오늘

눈부신 오늘을 선물해 주는 밤상 스님의 이야기

당신이 참 행복했으면 좋겠다

영원하지 않기에 소중한 오늘

눈부신 오늘

법상 지음

마음의숲

삶은 매 순간이 눈부시다. 하루하루가 눈부신 오늘이다. 우리가 당연하게 여기며 살고 있는 바로 지금 이 순간 속에 그토록 원하던 '그 모든 것'이 담겨 있다. 지금 있는 모습 그대로 모든 것은 완전하게 갖추어져 있다. 지금 이 자리야말로 모든 보물이 명백하게 드러나 있는 순간이다.

이렇게 평범한 말로 표현하고 있지만, 어떻게 이 장엄한 사실을 말 몇 마디로 다 설명할 수 있단 말인가? 애초부터 불가능하다.

당신의 삶이 어떤 진실을 담고 있는지, 울고 웃던 모든 삶 그 자체가 얼마나 빛나는 순간인지, 심지어 역경이라고 여겨왔던 순간조차도 깊이 바라보면 얼마나 눈부신 깨어남의 과정인지를 과연 우리는 상상이라도 할 수 있을까?

그렇다! 우리 앞에 놓여 있는 매 순간이 그 자체로 기적이며, 경이로움이고, 무한한 사랑이며, 동시에 아무것도 아닌 텅 빈 일상 그 자체다. 이토록 평범한 우리 모두의 각자 자기다운 삶, 그것을 빼고 달리 깨달음을 구할 필요가 있을까? 이 평범한 하루를 빼고 놀라운 눈부신 하루를 다시 또 찾지 말라.

무언가를 구하고 원하며 찾고 있다는 것은, 곧 지금 이 순간을 원하지 않는다는 말이다. 우리가 그토록 구하고 원하며 찾아다니던 그 모든 것이 바로 지금 이 자리에, 눈부시게 빛나는 오늘 속에 다 담겨 있다면 어떨까? 그토록 찾아다녔지만 결국에 찾고 보면 언제나 그 자리에 있었음이 드러날 뿐이다. 단 한 발자국도 움직일 필요가 없었던 것이다.

삶은 단순하다. 눈부시게 아름다운 오늘을 눈부시고 아름답게 살아 내면 그뿐이다. 그러나 우리 안에는 이 눈부신 오늘을 왜곡시켜 근심, 걱정, 우울로 뒤바꾸는 신기한 버튼이 장착되어 있는 듯하다. 바로 그 왜곡의 버튼을 어떻게 하면 누르지 않고, 원래 있던 그대로의 본래적인 눈부신 날들을 보낼 수 있는지에 대한 지혜로운 삶의 기술을 이 책 속에 담고자 했다. 물론 이 눈부시고도 장엄한 진실은 아무리 장황하고 화려한 언설로 수백수천 권의 책에 써서 담는다고 할지라도 결코 다 담아 낼 수는 없다. 이 진실은 말이라는 제한된 틀 속에는 담길 수 없는 것이기 때문이다. 그렇다고 아무 말도 안 할 수도 없다. 어쩔 수 없이 언어라는 방편으로 표현되어야 한다. 이것이 이 짧은 글들 속에 말 아닌 말을 풀어 놓을 이유가 되어 주었다.

이 글들은 짧고 단순하지만 이 언어 속에는 결코 짧지 않은 진실의 울림과 강력한 변화의 파동들이 공명하고 있다고 믿는다. 이 책 속의 문자 너머의 의미에까지 여러분의 시선이 가닿을 수 있다면, 왜곡의 버튼을 완전히 꺼 버린 채 하루하루가 눈부신 오늘로 바뀌는 놀라운 깨어남이 시작될지도 모른다.

당신의 오늘은 어떤가?

사실은 하루하루가 날마다 눈부신 오늘일 수밖에 없다. 만약 아직 그렇지 않은 분이 계시다면, 이 짧은 글들이 작은 위로가 되어 날마다 눈부신 오늘로 변화될 수 있기를 발원해 본다.

불이사 목소산방에서
법 상

차례

1장 나를 바라보다

자기 자신을 사랑하라 / 자신을 / 아무것도 아닌 자 / 세상의 일 / 당신은 어떤 상태로 있는가? / 우리 모두는 / 모든 끝은 / 삶에 / 하던 것을 잠시 멈추고 / 계획했던 모든 것 / 이상, 이기심, 화 / 지금 이대로 / 지금 이 습관은 / 생각이 만들어 낸 것 / 생각은 언제나 / 차 한 잔 / 나 자신으로 살지 못하면 / 그 어떤 것도 / 사회나 자연 / 삶을 앞서서 이끌고 가려 하지 말라 / 집착과 욕망 / 여행자여 / 자기 자신의 삶 / 이른 아침 / 지옥도, 죄도, 두려움도 / 낯선 여행지 / 지금 여기에서 / 있는 것처럼 보일 뿐 / 해야 할 것 없이 / 나의 생각 / 어떤 의도 / 자기 자신을 완전히 용서하라 / 너는 누구냐? / 날마다 보는 산책길 / 모든 문제 / 구하는 자가 되지 말고, 누리는 자가 돼라 / 여행 / 해는 서서히 지고 / 매순간 / 가장 평범할 때 / 우리는 지금껏 / 사격 선수들이 사격을 할 때 / 우리는 누구나 무언가가 되려 하고

2장 당신을 받아들이다

3장 삶을 내려놓다

4장 고통을 벗어나다

생에서 / 옳고 그른 것 / 삶이란 / 괴롭고 순탄치 않으며 근근이 버텨내
야 하는 삶 / 무외시無畏施 / 모든 일 / 즐거울 때 즐거워하고 / 우리의 몸
과 마음 / 괴로울 때 / 문제가 생겼을 때 / 문제가 생겼는가? / 아무 이유
없이, 목적 없이 오는 경계는 없다 / 설사 아무리 큰 잘못을 했다 할지라
도 / 삶의 여정 / 어떻게 믿느냐 / 가슴을 열어라 / 좋은 것 속에 / 집착
을 버리라고? / 한 가지 문제가 생겨나면 / 진리는 / 최악의 상황 / 실패
란 / 모든 분별 / 당신은 안전하다 / 상대방의 문제 / 스트레스 없는 삶 /
나에게 이익이 될까? / 상대방에게 거부감이 느껴지는 무언가가 있다
면 / 불편함 / 다른 누군가가 나를 괴롭힐 수 있을까? / 다만 왔다가 머
물고 가기 / 무승자박無繩自縛 / 삶은 실체가 아닌 하나의 거대한 꿈이다

5장 행복에 도착하다

그렇게 도달하려고 했던,
성취하려고 했고 완성하려고 했던,
바로 그 궁극의 자리에
우리는 언제나 서 있었고, 서 있으며,
언제까지고 서 있을 것이다.
숭고한 귀의歸依, 돌아감의 완성이
바로 지금 여기에 있다.
우리 모두는
집에,
고향에
도착해 있다.

/ 프롤로그 /

우리는 어떻게 해야 할지를 모르는 온갖 삶의 문제들에
스승이 대신 답해 주기를 바란다.
스승의 입에서 정확한 답이 나와야만 직성이 풀리고,
그런 스승을 뛰어난 스승이라 치켜 세운다.
그러나 이것이야말로 어리석은 행동의 전형이며,
이렇게 답을 구하는 순간,
스승은 점쟁이나 무속인으로 전락하고 만다.
스승을 만났을 때 그런 말도 안 되는 질문으로
스승을 비하하지 말라.

질문은 언제나 "무엇이 답일까요?"나

"어느 쪽을 선택할까요?"가 아니라,

"제가 어떻게 변하면 될까요?"가 되어야 한다.

스승의 가르침을 통해 내가 변할 준비가 먼저 되어 있어야만

한다.

자신은 절대 변할 생각이 없으면서

상황만 바꾸려고 해서는 참된 답을 찾을 수 없다.

스승을 만날 때는 가슴을 활짝 열고,

나 자신을 변화시킬 만반의 준비를 갖추라.

바로 그때 스승의 한 마디가 진언이 되어

깨달음으로 올 것이다.

1장

나를
바라보다

자기 자신을

눈부신 오늘

사랑하라.
타인을 사랑하기 전에
먼저 있는 그대로의
자신을 사랑하라.

자신을 사랑하는 것은
남들과의 비교를 내려놓고
자기다운 독자적인 삶을
무조건적인 긍정으로 받아들이는 것이다.

나 자신을 완전히 사랑하라.
사랑받을 만한 부분만 사랑하는 것이 아니라
사랑받기 어려운 부분까지도 기꺼이 사랑하라.

나 자신에게 잘못은 없다.
잘못되었다는 그 생각이야말로
유일한 잘못이다.
그러니 언제나, 무조건적으로
자신을 사랑해 주라.

자신을 사랑하는 것은
사실 전 우주를 사랑하는 것이다.

자신을
어떤 사람이라고
생각하는가?

내가 생각하는
자아 이미지,
그것이 바로
내가 세상을
창조하는
밑그림이다.

아무것도 아닌 자,
규정할 그 어떤 것도 없는 자,
정체성의 상실,
그 무엇으로도 설명되지 않는 자,
그 자유한 존재,
그 깊은 평화,
그 깊은 안심.

'어떤 자'가
되려 하지 말라.

되려 하는
그 어떤 것도 없는 자가 될 때,
아무것도 아닐 때,
되려고 하는
어떤 것도 없을 때,

비로소
크
게
안도하게
될 것이다.

세상

의

일

삶을 너무 심각하게 바라보지 말라.

세상일에 과도하게 중요한 것이 없게 하라.
그 어떤 것에도 지나친 가치 부여를 하지 말라.
대신에 유머 감각과 웃음으로
가볍게 넘기는 법을 터득해 보라.

심각해지면 이 세상은 나를 불편하게 하는 일투성이다.
정의롭지 못한 일들은 얼마든지 넘쳐난다.
화를 낼 일은 끝도 없이 이어진다.
그 모든 것에 다 심각해지며 화를 낸다면
당신은 바로 그런 정의롭지 못한 세상에 힘을 부여하고
끌려다니는 신세로 전락하고 말 것이다.
심각해지는 대신 가벼운 미소와 유머를 연습해 보라.
과도하게 중요한 것이 없고, 집착할 것이 없다는 것은
힘의 중심이 언제나 자신에게 있음을 의미한다.
태풍의 눈이 언제나 고요하듯이,
중심에 있을 때 언제나 고요한 평화를
유지할 수 있다.

· · ·

지금 어떤 상태로 있는가?

지금 되어 있는 그 '있음'의 상태가 당신의 미래를 만드는
힘이 된다. 언제나 삶의 모든 해결책과 지혜는 우리 내면
에 구족具足되어 있다. 답을 얻기 위해 어디로 달려가거나
노력해야 하는 것이 아니다. 다만 매 순간 그 자리에 서 있
으면 된다.

풍요로운 상태로 있어 보라. 아주 작은 것에서도 풍요를 누려 보라. 봄 햇살의 따스함을 마음껏 만끽해 보라. 찬이 없는 밥 한 끼에서도 감사와 풍요를 느낄 수 있다. 그렇게 풍요로운 상태로 '있을 때' 우리 삶에는 더 많은 풍요로움이 깃들 것이다.

가난하다고 생각하는 사람이 있을 뿐, 가난한 존재는 없다. 부족하다고 느끼는 사람이 있을 뿐, 부족은 없다.

삶이란 얼마나 많이 소유했느냐가 아니라, 순간순간 어떻게 존재하고 있느냐로 결정된다. 적게 소유하고도 풍요로울 수 있고, 많이 소유하고도 부족할 수 있다.

당신은 매 순간의 삶에 어떻게 있을 것인가?

모든

끝은

새로운 시작과

연결된다

삶의 눈부신 모든 것들이 끝날 때 너무 아파하지 말라. 단지 끝나는 것처럼 보일 뿐, 조금 더 깊이 바라보면 또 다른 차원의 시작을 보게 될 것이다. 이처럼 세상은 끝과 시작이 끊임없이 맞물리는 돌고 도는 윤회의 장이다. 생만 윤회하는 것이 아니라 삶 속의 모든 것이 특별한 주기와 패턴을 가지고 끝없는 파동처럼 윤회를 거듭한다. 모든 끝은 늘 새로운 시작이다.

모든 것이 무너져 버린 순간, 직장을 잃은 순간, 시험에서 떨어진 순간, 사랑이 조각조각 부서진 순간, 원하던 것을 이루지 못한 순간, 모든 것이 끝난 것 같은 바로 그 순간 속에 사실은 무엇이든 새롭게 시작할 수 있는 무한한 가능성이 시작되고 있다. 당신은 계속 절망만 하고 있을 것인가, 아니면 새로운 시작을 준비할 것인가.

아무것도
하지않는 시간,
그 텅 빈
시간 속에서
모든 것은
되고 있다.

삶에
무엇이
필요하고
무엇이
필요
없는지
정말로
알 수 있는가?

당신에게 무엇이 최선인지를 당신은 알지 못한다.
우주법계의 깊은 삶의 계획을 어떻게 헤아려 알 수 있겠는가?
매 순간 일어나는 일 중 아무리 사소한 것일지라도
좋고 나쁨을 판단할 수 없으며,
그것이 어떻게 펼쳐질지 알 수 없다.

삶 전체가 모르는 것뿐이다.

아무것도 알 수 없는 미지의 영역,
그것이 냉정한 당신의 현 주소다. 오직 모를 뿐!
모르는 것만이 분명한 현실이다.

옳은 것조차 옳다는 생각일 뿐, 진짜 옳은지는 알 수 없다.

모를 뿐!

모르는 자는 판단하고 해석하고 분별하지 않는다.
그저 현실이 그러함을 바라볼 뿐! 언제나 모르는 자로 남으라.
모르는 자라면, 아는 척 하기 위한 생각과 개념과 해석의
모든 분별들을 내려놓고 그저 바라보는 것 외에
더 무엇을 할 수 있을까?

...

하던 것을 잠시 멈추고,
모든 것을 내려놓아 보라.

지금 이 순간, 무슨 문제가 있는가?

과거와 미래로 달려가던 생각의 흐름을 잠시 멈추고,
지금 여기에 멈춰 서서 지켜보는 순간,
그 모든 문제는 사라지고 없다.
'지금 여기'에는 아무 문제도 없다.

큰 문제나, 급박한 어려움이 생겼더라도
허둥지둥 해결책을 찾으려 애쓰지 말라.
오히려 그런 때일수록 머리를 쉬게 하고
오직 현재의 순간에 깨어 있으라.
그랬을 때
과거와 생각에 기반한 동일한 패턴의 대응이 아닌,
전혀 새로운 차원의
직관적이며 전체적인 지혜의 대응이 나온다.

...

계획했던 모든 것은
어디까지나 잠재적인 가안假案의 계획일 뿐,
절대 바꿀 수 없는 계획은 없다.
언제든 그 계획은 바뀔 수 있다.
내일, 아니 당장 벌어질 일에 대해
무엇을 결정할 수 있단 말인가.
이렇게 되어야만 한다고,
혹은 이 계획대로 되어야만 한다고
고집하면 그렇게 되지 않았을 때 괴롭다.
그러나 계획은 있되 그 계획에 집착하지 않고
자연스러운 이치에 나를 맡기면 괴로울 일이 없다.
오히려 앞으로 펼쳐질 수많은 가능성에
활짝 마음을 열어 새로운 차원의 삶과 마주할
투명한 기회를 만들 수 있다.

이렇게 되어도 좋고 저렇게 되어도 좋다.
변화에 유연하게 대응한다.

내면에서 올라오는 생각, 욕구, 바람, 번뇌 등을
너무 심각하게 귀담아 듣지 말라.
일어나도록 허용하되, 끌려가지 말라.

아상,
이기심,
화,
집착,
욕망을
타파하려고
애쓰는
것은
공허한
노력이
되기
쉽다.

그것들과 싸우려 하지도,
그렇다고 외면하지도 말라.
다만 아상이, 노여움이, 욕망이
거기에 있음을
인정하고 받아들이고 지켜보라.
내 안에 그것들이 있다는 것을
두려워하지 말고
허용해 보라.

"그래 잘 왔어.
있을 만큼
충분히 있다가
가고 싶을 때
가렴" 하고
따뜻하게 말해 주라.

없애려
애쓰고 싸우거나 거부하면
지속되지만,
인정하고
받아들이면 쉽게 사라진다.

더욱이 사라질 때
우리에게 깨달음의 지혜를
선물로 남긴다.

. . .

지금 이대로 완벽하다.
우리는 이미 완성되어 있다.
이미 깨달아 있다.

이 사실을 받아들이라.
인정하라.
만약 당신이 괴로워하고 있다면,
슬퍼하고 있거나
삶에 어떤 문제가 있다면,
그 모든 것은 바로
이 사실을 받아들이지 않는 데서 온다.

이미 완벽하고 완성되어 있다면
더 이상 필요한 것도 없고
구하거나 빌 것도 없으니,
오직 만족과 감사만이 있을 것이다.
오직 사랑만이 드러나게 된다.

. . .

우리는 남들과는 다른,
나만이 경험하고 깨달을 수 있는,
자신의 삶이라는 특별한 여행을 온
빛의 존재요, 부처님의 파편이다.

타인을 부러워하거나 열등감을 느낄 필요도 없고,
자만심을 느끼거나 우월감에 우쭐할 것도 없다.

당신은 그 누구보다 뛰어나지도 열등하지도 않다.
타인의 삶에 기웃거릴 아무런 이유도 없다.

당신 삶의 목적은 매 순간 완전히 구현되고 있다.
당신 삶은 언제나 성공적이다.
삶에는 그대가 두려워해야 할 그 어떤 것도 없다.
단지 그대는 그대 자신의 삶을 자유롭고 눈부시게
연주할 뿐.

자신을
틀에 가두지 말라.

누구처럼 살아야 한다고 강요하거나,
누구처럼 돈 벌려고,
좋은 직장에 다니려고,
예뻐지려고
온갖 노력을 쏟지는 말라.

다만 아무런 틀에도 가둘 것 없는
있는 그대로의
자연스러운
나 자신이 되기를 선택하라.

내가 나 자신이 될 때
모든 것은
이미 완전하게 '된' 상태로 존재한다.
이대로 모든 것은 완벽하다.

생각이
만들어
낸 것

눈 부 신 오 늘

만약 각종 고통과 문제, 판단과 느낌으로 괴롭다면 생각이 만들어 낸 것은 아닌지 자문해 보라.

생각이 만들어 낸 고통에 속지 말라. 그것은 가짜다.
한 발짝 떨어져서 생각이 지껄이는 무수한 더미들을 그저 지켜보라. 생각이 일어나고 머물고 사라지는 과정을 다만 지켜보라. 지켜보되 붙잡지 말고 그대로 흘려보내라.
우리는 대부분의 경우 올라오는 생각 중 마음에 드는 특정 생각을 붙잡아 부풀리고 상상하면서 거기에 실체적인 힘을 부여하고 그 생각의 더미에 끌려 다닌다. 그것이 우리의 삶이 고통스럽고 복잡한 이유다.

그렇다고 일어나는 생각을 없애려고 싸울 필요는 없다. 생각 자체는 나쁜 것이 아니다. 생각이 왔다가 가도록 흘려보낼 수만 있다면, 생각은 우리를 괴롭히지 못한다. 생각을 나쁜 존재로 만드는 쪽은 오히려 우리다.

그러니 이제부터는 생각이 일어날 때 다만 지켜보고 흘려 보내라. 관찰하되 그저 오고가도록 내버려 두는 것이다. 그러면 생각은 더 이상 우리를 괴롭히지 않는다.

생각은 언제나
과거나 미래를 대상으로 일어난다.
당신이 무언가를 생각하고 있다면
벌써 '지금 여기'라는 현재를 벗어나
과거나 미래라는 환영 속에서
길을 잃었음을 의미한다.

과거나 미래는 꿈과 같아
있는 것처럼 보일 뿐,
실존일 수 없다.

그러나 그런 공허한 세계 속에서
길을 잃고 헤매는 시간이
우리 인생의 대부분이라는 사실!

반면 현재는
생각의 대상이 아니다.
'지금 이 순간'이라는 현재를
생각할 수는 없다.
생각하는 순간,
'지금 여기'에 없기 때문이다.
현재는 생각이 아니라, 존재다.
현존!

현재에 깨어 있을 때
저절로
무심無心의 꽃이
핀다.

. . .

차 한 잔이 식어가는 전 과정을 지켜본 적이 있는가. 피어오르는 희뿌연 김의 생멸, 그 생사와 잠시 함께 머물러 보라.

의식이 잠시 멈출 때, 그곳이 어디든 간에, 그 순간 깊은 평화가 함께한다.

차 한 잔 위로 의식을 멈춰 보라. 문득 거기에 선禪이 흐른다. 빗소리가, 나무 한 그루가, 오고 가는 사람들의 움직임이, 하늘 위 구름 한 조각이 선이 된다.

차 한 잔을 앞에 두고 하릴없이 본다. 차 한 잔이 홀로 식어가며 피워 올리는 여린 움직임. 희뿌연 안개의 춤사위는 그리 길지 않다. 문득 바라본 찻잔은 침묵이 깊다.

차 한 잔과의 놀라운 대면.

누구든 하루 중 때때로 시간을 내어
고요함 속으로 들어가야 한다.
정신없이 분주히 흘러가는 삶과 세상을
먼발치에서 휴식하듯
가볍게 바라보는 시간이 필요하다.

그 거센 폭류 속에 빠져 허우적거리다가
저녁이 되면 녹초가 되어 쓰러지듯 잠드는
그 반복되는 일상 속에서
잠시 자기 자신을 위한 시간을 내 보라.

매일 자신에게 정기적으로 쉬는 시간을 주어 보라.
아무것도 하지 않고
그저 고요히 내면으로 침잠해 들어가는 시간.
잠시 호흡을 관찰해도 좋고,
산책의 시간을 가져도 좋으며,
백팔배를 해도 좋고,
좌선의 시간도 좋으며,
밖으로 나가 꽃을 관찰해도 좋고,
나무를 껴안아도 좋다.
규칙적으로 고요해지는 습관을
허용해 보라.

· · ·

나 자신으로 살지 못하면
그 누구로도 살지 못한다.

나 자신이 되지 못하면
그 누구도 될 수 없다.

나 자신을 버리고
다른 누구처럼 살고자 하지 말라.

나 자신의 빛을 잃으면
전부를 잃는 것이다.

· · ·

그 어떤 것도
버릴 준비가 되었는가.

그 어떤 것도
잡을 준비가 되었는가.

이 두 가지 준비를 하라.

그 무엇이라도
마땅히 버릴 수 있어야 하고,
다시금 잡을 수도 있어야 한다.

나는 사회나 자연이나 신에 대해
어떤 구체적인 계획도 갖고 있지 않습니다.
나는 그저 있는 그대로의 나 자신일 뿐이고,
또 그렇게 되고자 합니다.
나는 지금 이 순간을 삽니다.
과거는 기억일 뿐이고, 미래는 기대에 불과합니다.
나는 살아 있음을 사랑합니다.
유행을 따르기보다는 변화와 새로움을 더 좋아합니다.
나는 나의 존재를 자각합니다.
나는 모험의 가치를 알고 있으며,
모든 것이 잘 되리라는 것도 압니다.

　　　　　　　　　　　　　　　- 헨리 데이비드 소로

그 어떤 구체적 계획이 없더라도,
지금 이 순간 있는 그대로의
나 자신으로서 아름답다.

잘 되고, 잘 안 되고의 분별을 떠나
자각의 상태로 삶의 모험을 즐길 수 있다면,
겉으로 보이는 세계를 넘어서서
모든 것은 잘 되고 있는 중이다.

바깥
경계는
나를
해칠 수
없다.

나를
해치는
것은
오직
내 안의
판단과
해석들뿐.

. . .

집착과 욕망을
비우되,
'나는 잘 비우는
사람이다'라는
생각도
비우라.
집착도 무집착도
다 놓아 버리라.

지혜로운 사람,
마음을
잘 비우는 사람,
베푸는 사람이라는
생각이 있다면
그 또한
한 쪽에 치우친
것일 뿐이다.

...

무언가를
가지고 싶을 때,
잠시 갖고 싶은
그 마음을
관찰하는
연습을 해 보라.

소유하고 싶을 때,
무언가를 사고 싶을 때
잠시 그 마음을
바라보고 있으면,
깨어 있음의 지혜가
정말
사야 하는지
아니면
좀 더 두고 봐도 되는지를
알려 줄 것이다.
차, 집, 옷, 가방,
모든 것에
해당되는 말이다.

여

행

잊지 말라. 그대가 왜 이곳에 와 있는지를. 그대가
행성의 여행자란 사실을. 구도자여, 잊지 말라. 여행자는 끊
임없이 떠돌며 흐를 뿐, 어디에도 안주해서는 안 된다는 사실
을. 만행하는 구도자에게 삶은 하나의 연극이며, 박진감 넘치
는 스토리일 뿐, 슬픔도 좌절도 진짜가 아님을.

자

여,

지금 그 자리에서 순간순간 여행을 즐길 뿐, 머물 곳을 찾지 말라. 또 다른 여행지로 언제 다시 출발할지는 아무도 알 수 없으니, 매 순간 떠날 마음의 채비를 갖춰 놓는 게 좋을 것이다. 당신의 여행은 얼마나 가벼운가. 여행 가방이 너무 무겁지는 않은가. 결망이 가볍다면 떠남이 두렵지 않다.

. . .

자기
자신의
삶을
믿으라.

인생을 깊이 신뢰해도 좋다. 고통이나 고독처럼 보이는 것
들이 찾아오면 그들을 향해 감사한 마음으로 미소를 지어
주라. 고통스런 표정의 탈을 쓰고 '고통'이라는 연극을 하
고 있는 조연 배우는 지금 이 순간에도 우리가 우리의 배
역을 잘 소화할 수 있기를 간절히 바라며 응원을 보내고
있을 것이다.

행복은 쉬는 시간이나 점심시간과 같고, 고통이나 고독은
쉬는 시간을 제외한 수업 시간과도 같다. 쉬는 시간보다
힘들더라도 수업에 매진할 때 더 많이 배울 수 있는 것처
럼, 우리 역시 평안할 때보다 고통과 고독의 시기에 더 많
이 깨닫고 배울 수 있다. 진정 용기 있는 자라면 이런 기
회를 붙잡아야 한다. 삶에서 외로움과 괴로움이 찾아오는
이로움의 순간들을 이제부터는 두 팔 벌려 껴안아 주라.
외로움과 깊이 친해지라. 괴로움을 피해 달아나는 대신
정면으로 마주하고 받아들여 보라.

. . .

정말 강한 사람은 원하는 것을 끝까지 이루어 내는 사람
도, 이루어 낼 힘과 능력을 가진 사람도 아니다. 원하는 것
이 있을지언정 거기에 집착하지 않는 사람이다. 집착이
없으므로 모든 것이 좋다. 두려움이 없다. 이렇게
되도 좋고 저렇게 되도 좋다.

...

아기
주먹만 한
밤송이가
창밖에서
바람에
손짓하며
말을 걸어오는
아침

바람 소리가
좋다

풀벌레가
새벽의 선율을
연주한다

이른아침에
깨어 있는
이들만이
알 수 있는
새 벽 정 신

지옥도,
죄도,
두려움도
모두 내 스스로
만든 것일 뿐이다.
우리 스스로 만들어 낸 지옥,
죄와 두려움의 이면에는
오직 사랑만이 있다.
오직 자비가 바탕이 된
텅 빈 허공성이
있을 뿐이다.

그러니 걱정하지 말라.
삶을 두려워하지 말라.

두려워하면 두려워하는
바로 그것이 창조된다.
그러나 두려운 것을
창조하는 자는
오직 나 자신일 뿐이다.
내가 만들어 내지 않는다면
이 우주는
사랑과 자비로 충만할 것이다.

낯선 여행지에서
문득 나라는 사람이 낯설게 느껴진 적은 없는가.
과거의 삶은 기억의 저편으로 사라진 채,
지금 여기에는 나도 알 수 없는 전혀 낯선 누군가가 서 있다.
내가 누구인지 알 수 없는 이런 모름의 순간이야말로
가장 위대한 순간이며 성스러운 순간이다.
바로 그 모르는 순간 속에
당신이 누구인지를 알게 될 모든 것이 담겨 있다.
가끔은 알 수 없는 낯선 모름의 순간으로 떠나 보라.
불현듯, 과거에 만들어 놓은 모든 나의 정체성을 떠나 보내고
알 수 없는 모르는 자에게 물어 보라.

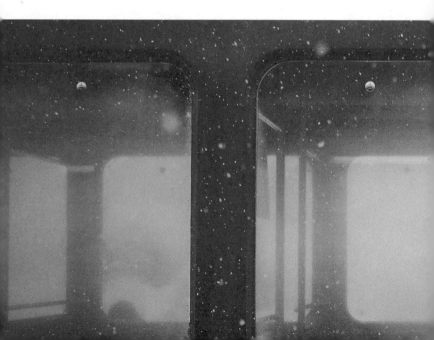

너는 누구냐?

오직

모를
뿐.

...

지금 여기에서
깨어 있다는 것은
온전히 존재한다는 뜻이다.

온전히 존재하는 순간,
존재의 완전성과 풍요로움이 깃든다.
존재하지 못하고 소유할 때
불만족과 부족, 불완전이 생겨난다.
소유는 일부를 가진다는 뜻이지만
존재는 전부를 가진다는 뜻이다.
소유, 아집, 집착, 욕망을 늘려 나가려 애쓰는 것 자체가
존재의 완전성과 풍요로움을 빼앗는다.
소유의 방식에서
지금 여기에 존재하는
깨어 있음의 방식으로 바뀔 때
비로소 존재의 완전성과 풍요는 드러난다.

. . .

있는 것처럼 보일 뿐,
있는 것은 아무것도 없다.
일어나는 것처럼 보일 뿐,
일어나는 것은 없다.

그럼에도 불구하고,
언제나 우리 앞에는
무수히 많은 일들이
일어나는 것처럼 보이고,
많은 것들이
눈앞에 있는 것처럼 보인다.
분명히 알아야 할 것은,
'그렇게 보일 뿐'이라는 점이다.
몽환포영夢幻泡影!

꿈처럼 환영처럼 그렇게 보일 뿐,
사실은 아무것도 없으며,
아무 일도 없다!

...

삶을 앞서서 이끌고 가려 하지 말라. 오히려 삶의 뒤에 서서 삶의 행로를 지켜보며 따라 걷기를 선택하라. 앞서 이끌고 가면 자기 생각대로 삶이 진행되어야 한다는 집착과 고집으로 인해 끊임없이 괴롭지만, 고집 없이 삶을 완전히 신뢰하고 수용하며 내맡긴 채 뒤에서 삶을 따라가면 자유롭다. 삶을 완전히 신뢰하고, 그 흐름에 나를 완전히 내맡기기 때문에 두려울 것도 없고, 바랄 것도 없으며, 그저 흐름대로 평화롭게 흐를 뿐이다.

물론 때로는 앞에서 방향을 정하고 이끌고자 하는 마음을 내는 것도 좋다. 다만 그러려면 집착 없이 마음을 낼 수 있어야 한다. 집착 없이 마음을 일으키는 것은 앞에서 끌면서 동시에 뒤에서 따라가는 것이기 때문이다. 무집착은 마음을 내지만 마음 낸 대로 되도 좋고 안 되도 좋기 때문이다.

. . .

'해야 할' 것 없이
무엇이든 행하고,
'되어야 할' 것이 없이
그 무엇이든
될 수 있다.

위대한 존재가
될 것도 없이,
특별한 성취를
구할 것도 없이

매 순간 그저 있을 뿐.
그저 있는 것 외에
더 무엇을 기대하랴.

...

나의 생각은 아무리 작은 것일지라도 반드시 어떤 방식으로든 현실을 창조해 낸다. 허공에서 흩어져 소멸되는 생각은 없다. 더 중요한 사실은, 그 생각이 아무리 사적인 생각일지라도 나 혼자에게만 영향을 미치는 것이 아니라는 점이다. 모든 생각은 나와 연결된 우주 전체에 영향을 미친다. 우리는 생각을 하면서 동시에 이 우주를 공동으로 창조하고 있다. 이것이 바로 자기 생각이라고 소홀히 여겨서는 안 되며, 스스로 책임감을 가지고 깨어 있어야 하는 이유다.

나의 말과 행동과 생각, 그것은 결코 작은 것이 아니다. 그것은 나에게서 나왔지만 우주 전체에 영향을 준다.

. . .

어떤 의도를 일으킨다.

그 의도가 담긴 생각은 특별한 파장과 진동으로

동시간대에 비국소적으로 우주 끝까지 퍼져 나간다.

그러면 우주에서는 그 진동과 비슷한 파장을 가진

모든 것들이 그 진동에 반응하며 공명을 만들어 낸다.

내면의 특별한 파장이

외부의 동일한 파장을 공명시키며 창조해 낸 것이다.

내면 의식이 외부 세계인 현실에 반영되고,

그것이 내 삶의 전면에 등장하게 된 것이다.

이와 같이 내면의 파장은 곧 삶을 형성한다.

안과 밖은 언제나 동일한 파장으로 진동하기에.

주어진 삶의 모든 요소들이 바로 자신이다.

자신이 누구인지 알고 싶은가?

자신의 삶을 돌아보라.

주위를 돌아보라.

자기
자신을
완전히
용서하라

과거의 그 모든
죄의식,
죄업,
악행을
완전히 용서해 주라.

자신을 용서하는 것이야말로
참된 참회다.

그 후에 타인과 이웃과
뭇 생명과 우주를 용서해 주라.
나를 괴롭히는 상황,
나에게 욕하는 사람,
마음에 무언가
어두운 흔적이 있다면,
그것이 무엇이든 모조리 용서해 주라.
안과 밖의,
나와 내 밖의 모든 존재를,
모든 것들을 완전히 용서해 주라.
마음에 그 어떤 걸림도 없고,
흔적도 없으며,
화와 미움도 남아 있지 않는
온전한 용서를 행하라.
참된 용서는
곧 텅 비어 고요한
내면의 평화를 이끌 것이고,
업장소멸과
지혜와 사랑과 깨달음으로
당신을 안내할 것이다.

날마다 보는 산책길이
매 순간 낯설다.
문득 이 존재 하나가
이 낯선 행성에 안착해
이런 모습,
이런 역할로,
하루하루를
살아가고 있다는 것 자체가
낯설게 느껴진다.

이곳이 내가 있어야 할 자리가 맞을까?
이게 내가 맞는가?
이 생각은 나인가?
아, 모르고 또 모를 뿐!
나는 과연 누구인가!
누군지도 모르면서
이리저리 끌고 다니며,
진짜인 듯 온갖 연기를 다 해 내고 있는
너는 누구냐?
모르고 또 모르니.

그저 모르는 가운데
또다시 낯선 연기를
익숙한 척 이어갈 수밖에.
밖에서 부른다.
"스님!"
"예."
다시 연기할 시간.
스님의 연기를 하고 있는
너는 누구냐?

모든 문제는 자신이 그 문제에
에너지를 쏟아 부어
실체적인 힘을 부여했을 때부터 시작된다.

내가 문제 삼지 않으면 문제가 될 수 없다. 문제를 문제 삼
는 마음이 클수록 그 문제에 더욱 휘둘리게 된다. 받아들
이고 허용한다는 말은 그 문제를 더 이상 문제 삼지 않고
그냥 내버려 둔 채 무심하게 지켜보겠다는 것이다. 와서
머물고 가는 동안 과도하게 대응해 힘을 실어 주지 않는다
면 아주 빨리 소멸하고 만다. 그러나 그 문제와 맞붙어 싸
우거나 도망치려고 애쓴다면 그 문제는 더욱 커진다. 모든
문제는 우리가 심각해져서 문제 삼기를 기다리고 있다. 그
래야 실체 없던 문제가 실체적인 에너지를 가진 채 생명력
을 부여받아 우리를 흔들어놓거나 조종할 수 있게 되기 때
문이다. 업장이라는 것도 이와 같이 움직인다. 깨달은 이
는 업장이 올라오더라도 무분별로 지켜볼 뿐 대응하지 않
는다. 싫어하지도 좋아하지도 않은 채, 싸워 이기려 하거
나 도망치려고 하지 않은 채, 그 모든 업장이 일어나도록
무심히 허용하고 내버려 둔 채 다만 바라보고 있을 뿐이
다. 그러니 업장이 올라와 잠시 괴롭힐지라도 더 이상 양
분을 받지 못하니 얼마 안 가 스르륵 사라지는 것이다.

...

우리는 많은 것을 알고 있다고 여기지만, 정말 아는 것일까? '그것을 안다'고 여길 때, 우리는 유심히 보지 않게 된다. 이미 아는 것이기 때문이다. 안다는 생각 속에 스스로 갇히는 것이다. 그러나 '모른다'는 사실을 받아들일 때, 그동안 알지 못했던 전혀 새로운 삶의 경험과 지혜가 다가온다.

사실, 우리는 단 한 가지도 분명히 알지 못한다.

예를 들어, 오늘 회사에 갈 때 자동차를 이용하는 게 좋을지 지하철로 가는 게 좋을지 알 수 있을까? 자가용이 더 빠르다고 생각할지 모르지만, 가는 길에 교통사고가 있을지도 모른다. 그 모든 우주의 변수들, 세상의 우여곡절들을 어떻게 다 알 수 있다고 단정할 수 있는가?

우리는 아무것도 분명히 알지 못한다. 그럼에도 불구하고 '안다'고 생각하게 되면, 늘 하던 패턴에 속박된 채 동일한 판단만을 반복한다. 그럴 때 우리 삶은 발전과 깨달음이 없어진다. 자신의 무한한 잠재적 힘과 지혜와 사랑을 스스로 가두지 말라. 앞으로 등장할 모든 가능성을 향해 마음을 열어 놓으라. '오직 모를 뿐'일 때, 우주는 그 텅 빈 모름 속에 참된 앎을 채워 넣어줄 것이다.

...

구하는 자가 되지 말고, 누리는 자가 되어라.
구하는 자는 만족이 없고, 계속해서 구하러 다니느라 바쁘다.
에너지는 고갈되고 힘은 점점 빠져간다. 반면에 누리는 자는
이미 있는 것을 그저 누릴 뿐이다. 누리려면 이미 그것이 있
어야 한다. 사실 우리에게는 이미 모든 것이 주어져 있다. 없
다는 생각만 없으면 모든 것은 이미 완전하다. 우리 삶에 더
이상 구해야 할 것은 없다. 그런 생각이 있을 뿐. 매 순간에 주
어진 것이야말로 진리가 그대를 구원키 위해 보내준 최상의
선물이다.
삶의 진리, 혹은 행복, 깨달음을 얻기 위한 특별한 비법은 없
다. 바로 지금 이 자리에 이렇게 존재하고 있는 우리 자신이
바로 '그것'이기 때문이다. 나라는 존재가 바로 답이다. 나에
게 주어진 있는 그대로의 삶, 그것이야말로 더하고 뺄 것도
없는, 있는 그대로의 진리이다.

...

여행을 통해 자신을 비우고, 삶의 의미를 깨닫고자 하는 여행
자라면 '얻어 오는 여행'이 아닌 '비우고 오는 여행'을 권하고
싶다. 그러려면 여행지에 대한 정보를 배우고, 남들이 어떻
게 여행했는지를 얻어 듣고, 온갖 여행기와 전문서적들을 탐
구하면서 지식을 쌓는 방식의 준비는 별 도움이 되지 않는다.
모든 것을 내려놓고, 아무것도 모르고 떠나되, 다만 여행지에
서 만나게 될 모든 것을 향해 나를 활짝 열어 둘 수 있는 천진
한 마음을 챙기면 된다. 기존의 지식으로 해석하는 것이 아니
라 마치 어린아이가 세상을 처음 경험하듯 청연한 눈으로 초
롱초롱 여행지를 경험하고 느끼며 새롭게 바라보는 마음이
필요하다.

여행은 우리가 삶에서 깨달아야 할 귀한 선물을 얻게 해 준다. 우리는 여행자가 되는 동시에 순례자가 되고 구도자가 된다. 특히 홀로 걷는 여행은 또랑또랑한 지혜로써 삶을 빛나게 한다. "대지를 맨발로 걸으면 우리의 정신은 우주로 연결된다"라고 했던 아메리카인디언의 말처럼 홀로 걷는 그 행위 속에 정신적 각성과 우주적 교감이 형성된다. 그래서일까. 티베트의 위대한 성자 밀라레빠는 "여행을 떠나는 것만으로도 깨달음의 반은 성취한 것"이라는 말을 남기고 히말라야로 떠났다. 히말라야로의 순례는 그에게 깨달음의 원천이었으며, 이 우주 속에서 끊임없이 돌고 도는 윤회라는 여행의 종지부와도 같았다. 그는 괴로워하는 이들에게 "모든 것을 버리고 히말라야로 떠나라"고 외친다.

해는 서서히 지고
어둠이 시작되는 저녁,
바람이 불어온다.
바람을 타고 나뭇잎들이 수런거리며
생명의 춤을 추고 있다.
조금은 찬바람이 몸의 감각을
더욱 깨어나게 한다.
잠시 지금 여기에 멈춰 서서
바람 손님을 맞이한다.
눈을 감고 온몸의 감각으로
바람을 느껴 본다.
눈으로는 춤추는 나뭇가지들의
움직임을 보고,
귀로는 바람과 숲의
연주를 들으며,
살갗에 와 닿는 바람의 감촉에
몸을 맡긴다.
새소리가 바람을 타고
귓전을 스치운다.

아,

이 있음의
순간!

. . .

매 순간 우리가 만나는 세상은 있는 그대로의 세상을 있는 그대로 마주하는 것이 아니다. 세상을 내 관념과 의식의 필터로 걸러서 인식한다. 그렇기에 모든 경험은 온전한 경험이 되지 못한 채, 거짓된 자기 관념에 걸러진 불완전한 경험일 수밖에 없다. 그리고 그 모든 허망한 착각 속의 경험과 정보들이 우리 안에 기억되고 저장된다. 물론 저장될 때는 그 대상에 대한 나름의 좋고 나쁜 분별이 덮어씌워진다. 그러다가 훗날 다시 그와 비슷한 대상을 만나면 자동적으로 현재의 대상과 기억 속 대상을 동일시한다. 이런 방식은 삶을 늘 낡은 것의 지루한 반복으로 만든다.

매 순간 새롭게 바라보고,
　아무런 분별없이 세상을 마주하게 될 때
　　매 순간의 모든 경험 자체가
　　　곧 성품을 보는 것, 즉 견성(見性)이 될 것이다.

내 눈 앞의 그 한 사람을
난생 처음 만나는 사람처럼 만나 보라.
난생 처음 보는 꽃과 하늘과 바람을 느껴 보라.

· · ·

가장 평범할 때
가장 평화롭다.

그저 지금 있는 이대로의 모습으로 그저 존재할 때 우리에
게는 그 어떤 혼란도 문제도 없다. 지금 이대로의 현실을
온전히 받아들인 채, 다른 그 무엇을 원하지 않는 것이다.
이것이 진정한 무위(無爲)의 삶이고, 이렇게 참된 평화는 전
혀 노력할 필요가 없는 것이다.

문제는 이런 평범하고도 자연스러운 평화의 상태가 자주
깨진다는 데 있다. 어떨 때 이런 본연의 고요와 평화가 깨
지게 될까? '지금 있는 이대로'가 아닌 다른 어떤 상태가
되려고 애쓸 때 평화가 깨지게 된다. 지금 이 순간 내가 경
험하고 있는 이대로의 것에 불만을 가지면서, 또 다른 무
언가가 되고 싶거나 얻고 싶을 때 혼란과 문제가 시작되는
것이다.

맛있는 커피 한 잔을 마셨으면 좋겠다.
누군가와 사랑에 빠졌으면 좋겠다.
조금 더 넓은 집에 살았으면 좋겠다.

온갖 생각이 올라온다.

맛있는 커피 한 잔을 먹었으면 좋겠다는 생각이 올라오면, 지금 이대로는 충분하지 못하고 커피를 한 잔 해야지만 행복할 거라고 느끼게 된다. 이처럼 생각이라는 헛된 망상과 분별심이 올라옴과 동시에 지금 있는 것과는 다른 무언가를 원하게 되고, 그로 인해 평화는 깨지며, 혼란과 스트레스가 시작된다.

생각은 우리를 지금 있는 것과 다투게 한다.
생각에 힘을 부여하지 않고, 생각을 붙잡지 않은 채 생각이 그저 왔다가 가도록 내버려 둘 수 있어야 한다. 생각을 믿지 않는 것이다. 바로 그때, 우리는 지금 이대로의 것을 받아들이게 되고, 알아차리게 되며, 지금 이대로의 모든 것을 사랑하게 된다.
지금 있는 것만을 원할 때 우리는 가장 평화롭다. 하지만 생각은 지금 있는 것이 아닌 다른 무언가를 원해야 한다고 끊임없이 속삭인다.

지금 있는 것이야말로
존재의 진실이다.
지금 있는 것 이외에는
아무것도 원하지 않을 때
삶은 평화를 되찾게 된다.

· · ·

우리는 지금껏 현실을 있는 그대로 바라보지 못하고 다른 무엇과의 비교, 분별을 통해서만 현실을 인식해 왔다. 우리가 '안다'고 여기는 모든 것들은 있는 그대로의 그것 자체가 아니라, 다른 것과 비교하고 분별해서 안다는 것을 의미한다.

예를 들어 자녀가 학교에서 성적을 받아오면 부모는 곧장 다른 비슷한 친구들의 성적을 묻는다. 심지어 백 점을 맞아 왔다고 할지라도 반에서 백 점 맞은 사람이 몇 명이나 있는지를 묻는다. 남들은 몇 점을 맞았는지를 통해 내 아이의 점수가 어느 정도인지를 인식하는 것이다. 이처럼 우리는 그것 자체를 인식하는 것이 아니라, 다른 것과의 비교를 통해서만 차별적으로 인식한다. 이런 마음을 불교에서는 식識, 혹은 알음알이, 분별심이라고 표현한다.

우리는 많은 것을 안다고 여기며 산다. 좋고 싫은 것도 알고, 어떤 사람이 좋은 사람인지 나쁜 사람인지도 안다고 여긴다. 그러나 우리가 안다고 여겨왔던 그 모든 생각들은 비교를 통해 분별된 헛된 망상일 뿐인 것이다. 사실로 보자면, 우리는 전혀 알지 못한다. 오직 모를 뿐이다!

이 얼마나 황당하고도 허망한 일인가. 그렇다면, 이제부터라도 그런 말도 안 되는 비교분별심을 버려야 하지 않을까? 비교나 분별심으로 보지 않는다면 어떤 일이 벌어질까? 지금 당장에 있는 그대로의 현실을 있는 그대로 비교나 판단 없이, 우월감이나 열등감 없이 그저 바라보게 될 것이다. 그렇기에 좋은 것, 옳은 것, 잘난 것을 가지려고 애써서 집착할 필요도 없게 된다. 싫은 것, 틀린 것, 마음에 안 드는 것을 거부하고 밀쳐 내려고 애쓸 필요도 없어진다. 그저 있는 그대로의 현실을 아무런 의도를 가지지 않고 텅 빈 채로 있는 그대로 바라보게 되는 것이다. 비로소 그 모든 것으로부터 자유로워지게 되는 것이다.

더 이상 세상에는 좋은 것도 없고 싫은 것도 없다. 애착할 것도 없고 거부할 것도 없다. 가지거나 버릴 것도 없다. 모든 것은 그저 지금 있는 그대로의 모습으로서 완전하다. 가지려고 하지도, 없애려고 하지도 않는다. 이대로 좋다. 지금 이대로 아무런 문제가 없다.

...

사격 선수들의 뇌파를 관찰해 보면, 언제나 명중 직전에 예외 없이 두뇌에서 번쩍 하는 순간이 있었다고 한다. 바로 뇌의 주파수가 알파파로 변하는 순간이었다. 대뇌 생리학자들은 알파파가 되면 고도의 참선이나 명상을 할 때와 유사한 효과가 나타나며, 기억력과 창의력, 집중력이 비약적으로 향상될 뿐 아니라, 마음도 편안해지고 안정되며 성격도 밝아진다고 말한다.

누구라도 자신의 분야에서 최고의 능력을 발휘하는 순간에는 언제나 '쨍'하는 무아의 순간을 경험한다고도 한다. 노벨상 수상자의 상당수가 연구 중이 아니라, 얕은 잠에 빠진 상태나 명상 중에 놀라운 영감을 얻었다고도 한다.

이것은 우리의 생각과 개념, 이해를 넘어선 무한한 가능성과 만날 수 있는 놀라운 자원들을 우리가 이미 충분히 가지고 있음을 의미한다.

그것을 불교에서는 '우리 내면에 자성불이라는 불성이 있다'라고 쉽게 표현한다. 또 외부적으로는 '우주법계에는 무한한 지혜와 가능성이 늘 있는데, 나라는 존재는 안테나와도 같아서 그 무한한 자원과 지혜의 보고에 언제나 접속해서 받아 쓸 수 있다'고 표현하기도 한다. 물론 외부의 법신불과 내부의 자성불은 둘이 아니다.

어떤 양자물리학자에 의하면, 이 우주의 모든 것들은 진동하는 파동으로 이루어져 있는데, 그 파동이 골에서 마루로, 또 마루에서 골로 바뀌는 바로 그 순간의 지점에서는 모든 존재가 우주 전체에 편만하게 존재하고 있음을 발견했다고 한다. 즉, 파동이 바뀌는 바로 그 순간 우리는 온 우주 어디에도 존재할 수 있다는 것이다. 우리라는 존재는 한 생각 일으켜서 시간과 공간 그 어느 곳으로도 힘을 내보낼 수 있는 존재라는 것이다. 본래 우리는 온 우주에 편만한 존재라는 것이다. 화엄경에서도 한 생각 속에 무량한 시간一念卽時無量劫이 있으며, 하나 속에 전체가 담겨 있다一卽一切多卽一고 설한다.

우리는 '나'라는 육신 속에 갇혀 있는 제한된 존재가 아니다. 우리는 시공을 초월해 우주 전체와 연결되어 있는 나를 넘어 선 존재다. 내 스스로 나 자신을 이 육체 속에 갇힌 비좁은 존재로 제한하지만 않으면 된다.

지금까지 살아오던 삶의 방식, 습관,
나라는 존재 속에
자신을 가두지 말라.
나라는 존재를 활짝 열어 두고
무한한 확장이 가능하도록
나를 허용해 보라.

우리는 누구나
무언가가 되려 하고,
무언가를 끊임없이 원한다.
그러나 사실은 되어야 하거나
얻어야 할 무언가가 있다는
그 마음만 없다면
그 자리에서 그 모든 것이 되어 있다.
우리가 이 생에서 해야 할 것은
오직 이것뿐이다.

그저 지금 이대로의
나 자신이 된 채로
있는 것이다.

여기에 무슨 수행이 필요하고,
무슨 노력이며 방법이 필요한가?
그 어떤 인위적인 노력이나 애씀도 없이
그저 지금 이 자리에
존재하기만 하면 될 뿐이다.
그저 지금 이대로를 받아들이면 될 뿐이다.
그저 망상만 일으키지 않으면 되고,
좋거나 나쁘다는 판단만 그치면 된다.
이 공부는 이처럼 너무나도 쉽다.
너무 쉬워서 어렵게 느낄 뿐이다.
그동안 분별 망상으로 수도 없이
허망한 관념과 세계와 욕망과 집착을
복잡하게 만들어 놓았다 보니,
내려놓기 어려울 뿐이다.

그렇다고 다시 내려놓으려고 애쓸 필요가 없다.
그냥 그 모든 인위적인 노력을
그치면 될 뿐이다.
지금까지 해 오던
그 모든 허튼 망상들을
그저 하지 않으면 된다.

이토록 삶은 쉽다.
깨달음은 쉽다.

그래서 옛 선사는
깨닫는 것은 세수하다가
코 만지는 것처럼 쉽다고 했다.
원하고 욕구하던 모든 바람들,
되고자 하는 모든 갈구들을
그저 멈춘 채,
다만 지금 이대로의
나 자신이 되어 있는 것으로
만족하는 것이다.
만족하려 애쓸 것도 없이

그저 지금 이렇게 되어 있는 대로
존재하기만 하면
모든 것은
언제나 완전하다.

2장

당신을
받아들이다

당신

눈부신 오늘

내가 만나는 사람들은
곧 나 자신의 내면이
외부로 투영된 결과다.
나에게 주어진 삶의 상황 또한
내 마음의 외적 그림자다.
내 밖의 외부 세계,
그것은 곧 내 안의 실상과
정확히 일치한다.

내가 처한 상황,
내가 만나는 사람,
그것이 바로 나다.

부처님,
하느님,
불성,
주인공,
진여,
참나,
일심,
자성불,
본래면목,
실제,
실존,
진리

명칭을 무엇이라 하든,
이런 것이 '있다'라고
생각하지 말라.

인격체로 알든,
진리로 알든,
신으로 알든,
법칙으로 알든,
무엇이라고 이해하든,
그렇게 알고자 하지 말라.

이런 생각이 모두 다
타파해야 할
상相 일 뿐,

본 래는
아무것도 없다.

없으면서도 있고,
있으면서도 없다.

누군가가 비난하거나, 듣기 싫은 말을 하거나,
동의하기 힘든 평가를 내린다면,
바로 그 순간, 당신은 아주 중요한 선택을 해야 한다.
그 말을 받아들임으로써
그 부정적인 말의 위력에 굴복당한 채 그런 존재가 되거나,
정신을 똑바로 차려 깨어 있는 의식으로서
그 말이 아무 힘도 얻지 못한 채 그저 흘러가도록 하는 것이다.
나에 대한 상대방의 평가는
어디까지나 그의 단편적인 관점일 뿐이며,
진실도 거짓도 없는 중립적인 에너지일 뿐이다.
그 말이 힘을 가질지 말지, 그 말이 진실인지 거짓인지는
언제나 나의 선택에 달려 있다.
별 의미 없이 쉽게 내뱉는 상대방의 말 한마디에
우리는 언제나 과도하게 의미를 부여함으로써
스스로를 그 말에 구속시킨다.
친구의 "재수 없게 생겼어"라는
말 한마디를 붙잡고 평생을 구속당한 채
정말 자신을 재수 없게 생긴 사람으로
믿어 온 사람을 본 적이 있다.
말의 힘이란 이와 같다.
자신이 그 말에 힘과 의미를 불어넣는 순간,
그 말은 살아 움직이며 삶을 지배하는
실체적 에너지로 바뀌고 만다.

언제나 말의 주도권을
굳건히 자기 안에 두고 살라.

. . .

인정받으려고 애쓰지 말라.

상대방에게 나를 마음대로 판단할 권리를 인정해 주라.
내 마음을 나도 통제 못 하는데
상대방의 마음을 무슨 수로 조종하겠는가?
상대가 나에 대해 나쁘게 생각하고 판단하는 것을
그도 스스로 통제하지 못한다.
나를 욕하는 그를 나쁘게 볼 아무런 이유도 없다.
저마다 자기 식대로 판단하도록 그저 내버려 두라.

상대방에게 인정받고자하는 마음이야말로
스스로 자신을 얽어매는 속박이다.
인정받고,
대접받고,
이해받고,
사랑받고자하는
스스로 만든 구속을 풀어 주라.

인정받지 않더라도 당신은 충분히 빛난다.

만약 당신이 상대방에게 인정받고 사랑받는다면
고무되고 기뻐 힘이 날 것이다.
그러나 반대로
상대방에게 인정받지 못하고 사랑받지 못한다면,
좌절하고 고통받아 힘을 잃고 말 것이다.
그러나
이 두 가지 방식 모두가
남이 내 힘을 대신 행사하고,
나는 노예처럼 눈치를 보는 것이다.
만약 누군가에게 칭찬받기를 원한다면,
혹은 비난받지 않기를 원한다면
그 또한 내 힘을 상대방에게 넘겨 준 채,
상대방 아래로 노예처럼 기어들어가는 것과 다르지 않다.
내 힘을 타인에게 넘겨 주지 말라.

삶에 당당한 주인으로
힘을 가지고 사는 것을 선택하라.

...

대화를 할 때는 가급적 그 자리에 없는 다른 사람에 대한 말은 꺼내지 않는 것이 좋다. 그 내용이 칭찬이든 비난이든 상관없다. 타인을 화제로 끌어들이지 말라. 누군가에 대한 판단, 비교, 평가를 대화의 주제로 삼지 말라.

누군가가 대화 중에 상대를 비난할 때, 동조하기도 동조하지 않기도 어렵다. 어떻게 하든 양쪽 다 대화 뒤에는 후회가 따르게 마련이다. 가장 좋은 대화는 제삼자를 끌어들이지 않는 것이다. 우리는 타인에 대해 판단할 수 있는 입장도 아니고, 그를 평가할 만큼 잘 알지도 못하며, 무엇보다도 판단과 평가, 해석 자체가 어리석은 분별심과 번뇌만 키울 뿐이다.

욕,

누군가에게 욕을 들었을 때,
상대의 욕이라는 첫 번째 화살을 맞은 뒤
'저 녀석이 나를 무시했구나'
'나이가 몇인데 나에게 욕을 하지?'
'나를 뭘로 봤기에 저러는거지?'라고 수없이 많은 두 번째, 세 번째 화살을 스스로 만들어 쏘고 맞으면서 스스로를 괴롭히지는 않는가. 이것은 스스로 괴로움을 만들어 내는 것이며 상대방에게 힘을 실어 주는 것이다.
생각해 보면, 우리는 힘없는 사람이나 아기들이 하는 말에 정색하면서 반응을 하지 않는다. 즉, 욕에 반응을 할 수도 있고 하지 않을 수도 있는 선택권을 가지고 있다. 다만 화를 내며 반응함으로써 상대방에게 힘을 줘 버리는 것에서 문제가 시작될 뿐이다.
그 사람이 원래부터 힘을 가졌던 것이 아니라,
우리가 우리를 휘두를 권한을 상대방에게 주는 것이다.

─────── 비난

이 세상 그 누구도
나에 대한 주도권을 가질 수는 없다.
내가 주기 전까지는.

부처님께서는 독이 든 음식이라도 받아 먹지 않으면, 그것은
차린 사람의 것이듯이 화와 욕설에 반응하지 않으면 그것은
도리어 욕한 사람의 것이라고 하셨다. 무엇이든 일어나도록
인정하고 허용하되, 거기에 분별하거나 반응하지만 않는다면
언제나 삶의 주도권은
내 안에 들어오게 된다.

집착은
놓아 버리되
인연은
받아들이라.

무분별은
좋아하지도
싫어하지도
말라는
말이아니다

받아들임

좋아하거나 싫어함은 있을 수 있다.
다만, 어느 한 쪽을 좋아할지라도,
싫어하는 쪽을 비난할 필요는 없다.
비난 없이, 단순히 좋아하지 않을 수도 있다.
이런 식으로 좋아하는 것뿐만 아니라
좋아하지 않는 것도 똑같은 비중으로 평등하게 유효하다.

좋아도 너무 심각하지 않게.
싫어도 너무 심각하지 않게 하라.
이렇듯 비난 없이 선호할 때
그 깊은 곳에 자비심을 품게 된다.

무분별의 지혜는 어느 한 쪽도 선택하지 않는 것이 아니라,
어느 쪽이든 비난 없이 자비심으로 선택하는 것이다.
거기에는 무게감이나 심각성이 없다.

...

상대를 변화시키는 가장 빠른 방법은
내 마음 안에서 먼저 상대방의 이미지를 변화시키는 것이다.
마음속에서만 상대를 미워해도 상대는 깊은 차원에서
그 마음을 읽고 자신도 모르는 사이에 나를 미워하게 된다.
반대로 상대방을 떠올리며 환한 미소를 보내거나,
행복하라는 축원을 보내거나,
상대방이 웃고 있는 이미지를 그린다면
상대방의 마음에도 곧장 전달된다.
전날 아내와 심하게 다투고 나왔는가?
화해하려면 퇴근길에 마음속으로 아내를 향해 미소를 띠고,
감사와 사랑을 보내며,
행복하게 웃고 있는 아내의 모습을 그려 보라.

내 마음이 먼저 화해할 때
상대도 그 화해를 받을 것이다.
내 안에 그리면 바깥세상에도 그려진다.

. . .

상대방을 통제하려 들지 말고,
상대방이 그저 자기 자신답게 행동하기를 허용해 주라.
아내에게, 자식에게, 친구에게
내가 원하는 기대와 역할을 강요하지 말라.
그들이 저마다 자기다운 빛으로써 존재하도록 허용해 주라.

상대방이 나에게 '이렇게 해 주었으면' 하는 것을
내가 먼저 상대방에게 해 주라.
내가 먼저 둘도 없는 친구가 되어 주고,
내가 먼저 상대의 마음을 헤아려 주고,
내가 먼저 받고 싶었던 모든 것들을 상대에게 주라.
주는 대로 받게 될 것이니.

나는 나답게, 또 타인은 타인답게,
저마다 자기답게 존재할 수 있도록
서로가 각자의 방식을
인정하고 받아들여 줄 때
참된 관계의 꽃이 핀다.

...

엄밀히 말해, 내가 누군가를 변화시킬 수 있을까? 아니, 심지어 내가 나 자신을 변화시킬 수 있을까? 나든 타인이든 그 무엇도 변화시킬 수 없다. 나도 타인도 공한 허공의 성품일진대 누가 누구를 변화시킬 수 있단 말인가.

그러나 아직 좌절하지는 말라. 할 수 있는 아주 쉽고도 강력한 무위의 행이 있으니. 그것은 바로 온전하고도 완전한, 진리다운 변화가 일어날 수 있도록 나를 비우고 활짝 열어 두는 것이다. 빛나는 변화가 '저절로' 일어날 수 있는 공간을 만들어 두는 것이다. 나와 나를 지켜보는 자 사이에 드넓은 빈 공간을 만드는 순간, 그 틈 속에서 사랑과 지혜와 힘의 에너지장이 형성된다. 그 힘의 장에서 변화에 필요한 모든 것이 온전하게 피어난다.

...

내가 누구에게 베풀어 준 것이 아니라 다만 인연 따라 가야 할 곳으로 갔을 뿐이다. 내가 누구에게 사기당한 것이 아니라 다만 인연 따라 가야 할 자리를 찾아 갔을 뿐이다. 모든 것은 언제나 있어야 할 정확한 곳에 그렇게 있을 뿐이지만, 사람들은 '네 것'과 '내 것'을 분별하고, '주고' '받았다'고 생각함으로써 번뇌를 만들어 낸다.

세상 그 어떤 것도 있지 말아야 할 자리에 있는 것은 없다.

바로 지금 있는 그곳이 그것의, 그의 있어야 할 정확한 자리다.

분별만 없으면 세상은 언제나 고요하고도 완벽하게 늘 있어야 할 바로 그 자리에 있다.

무엇을 얻고 싶은가?
내가 누군가에게 경험하게 해 주는 바로 그것을
내가 내 삶에서 경험한다.
무언가를 얻고 싶은가?
그렇다면 바로 그것을 상대방이 얻게 해 주라.
경험하고자 하는 바로 그것을 상대방이 경험하도록 도와 주라.

타인의 단점을 잘 찾아 낸다는 것은
자기 안에 많은 단점을 가지고 있다는 것을
의미한다.

내 안에 있는 것이
내 밖에서도 잘 보이기 마련이다.
더 심각하며 주목해야 할 사실은 따로 있다.
타인에게서 찾아 낸 단점은
발견과 동시에 내 안에서도
덩치를 키우고 견고해지며
공고해진다는 점이다.
타인에게서 무엇을 보든
그것은 내게로 와 나의 일부가 된다.
타인을 본다는 것은
자기 자신을 보는 것이며,
타인을 판단하는 대로 내가 규정된다.
상대방에 대한 정의는
곧 나 자신에 대한 정의다.

타인을 긍정할 때 나도 긍정되며,
타인을 부정할 때
나 또한 부정되고 있음을 알라.

· · ·

내 앞의 한 사람을
사랑한다는 것은
전체 우주를 사랑하는 것과
다르지 않다.
한 사람이라도 그를 괴로움에서
구원해 주었다면
그것은 우주 전체를 구원한 것이다.
한 사람을 돕든,
여러 사람을 돕든 누군가를 도울 때
그 '돕는 파장'이 우주 끝까지
퍼져 나가기 때문이다.
그 '돕는 마음'이 중요한 것일 뿐,
대상의 많고 적음은 부수적이다.

내 앞의 한 사람에게
무한한 자비와 사랑을
베풀어 주라.

내 가족, 내 이웃에게
다가가는 것,
당신이 이 생에서 해야 할
삶의 존귀한 목적이다.

눈부신 오늘

...

사랑하는 누군가를
떠올려보라.

진정 당신은
그를 사랑하고 있을까?

참된 사랑은
그의 있는 그대로의 모습을
고스란히 받아들이고
허용하는 것이다.
만약 당신이
사랑하는 사람이
어떤 방식으로든
바뀌기를 바라고 있다면
당신은 그를 사랑하는 것이 아니다.
참된 사랑은
해석이나 판단 없이
있는 그대로
바라봐주는 것과 같다.
만약 당신이
사랑하는 그를
판단하고 있다면
그를 사랑하는 것이 아니다.

그가 지금 모습 그대로이길
허용해 주라.

오늘 내가 만난
모든 사람들은
오늘 꼭 만나야 할
사람들이었다.

우연은 없다.
언제나 만나야 할
사람만 만나고
일어나야 할 일들만이
일어난다.

일상처럼 보이는
모든 일들이
사실은 비범하고,
비범하며 신비로워 보이는
모든 것들이

사실은
지극히 평범하다.
모든 것은 전 우주가
함께 계획했기 때문에
그 순간 나타난 것이다.
아니 그 모든 일 자체가
우주의 작용이다.

내가 눈을 떠
하늘을 바라보는 것도,
저 하늘에
구름이 떠가는 것도.
내 앞에
당신이 서 있는 것도.
그 모든 일상이
전 우주가
함께 추는 춤이다.
대기대용大機大用.

자신이
인식하는 것을
상대방도
인식할 것이라고
생각지
말라

모든 것은
그것을 인식하는 사람의
근기와 수준에 따라 다르다.
'내 식대로'
인식되고 판단되며
보이는 것일 뿐,
고정되거나 유일하게
존재하는 것은
아닐 수도 있음을 언제나 기억하라.

내가 보는 것을
상대는 못 볼 수 있으며,
내가 본 것 이상으로
더욱 풍성하게
보일 수도 있다.

꽃이 피는
단순한 사실 속에서도
어떤 이는
신비와 경이를 보며,
어떤 사람은
그저 꽃만을 보며,
심지어 어떤 이는
꽃조차 못 볼 수 있다.

집 앞 마당에 피어난 꽃을
당신은 보았는가?
그 숨결 속의 침묵을 보는가?
그 꽃 너머에서 피어나는 것을 보는가?

. . .

억누르지 말고 화가 났음을 정직하게 인정해 주라.
화를 피해 달아나려 하기보다는
그 자리에 있는 화를 직시하고 받아들여
충분히 느껴 보라.

화를 내도 좋다. 아니 오히려 그 화를 똑바로 지켜보며 자연
스럽게 화가 나는 대로 화를 내라. 다만 그 화에는 책임이 뒤
따라야 한다. 책임감을 가지고 화를 낸다는 것은 온전히 화를
인식한 채 화를 관찰하고 느끼면서 화를 내는 것으로, 아무도
다치지 않을 수 있다. 예를 들어 보자. 화가 날 때 상대방에게
화를 내는 대신 하늘을 향해 실컷 소리지른다거나, 한 대 때
려주고 싶을 때는 장롱을 열어 이불 사이로 주먹을 날리는 것
이다. 다만 화나는 현재의 마음을 최대한 또렷이 인식하며 지
켜보라. 느끼고 관찰하며 화를 낼 때, 화는 놀라울 정도로 빠
르게 흩어진다. 너무 단순해 콧방귀를 뀌겠지만 이 방법을 직
접 실천해 본다면 당장에 쾌재를 부를 것이다. 이제 당신은
화를 참고 억누르지도 않고 폭발시켜 싸우지도 않으면서도
효과적으로 다룰 수 있는 기적적인 방법 하나를 얻은 것이다.
그것이 바로 '책임감 있게 화내기'다.

화가
날 때는
억누르지도
말고
상대방을
향해
폭발하지도
말라

화는
안으로 돌리면
내가 다치고,
밖으로 돌리면
상대방이 다친다.

화의 에너지를
나 자신에게
혹은 상대방에게
투영하지 말라.

다만
화가 일어났다는 사실을
있는 그대로 살핀 뒤에,
그것과 함께
잠시 머물러 있기를
선택해 보라.
거부하지 말고,
잠시 함께 있고,
충분히 바라봐 주라.

이
것
이
바로
화로 인해 나도 상대도
다치지 않는 방법이다.

. . .

우리는 언제나 무언가를 하고 있고,
그 일을 끝마치기 위해 애쓴다.
이 일을 끝내기 전까지는 도무지 쉴 수 없다.
끝나기 전까지 그 일은
빨리 해치워야 할 귀찮은 짐이나 다름없다.
이 일만 끝나면 비로소
편안해지고 쉴 수 있을 것이라 여긴다.
그러나 돌이켜 생각해보라.
일이 완전히 끝난 적이 있는가?
우리의 일은 끝나지 않는다.
끊임없이 계속될 뿐!
언제까지 끝나지 않는 일 속에 파묻혀
짓눌린 삶을 살아야 하는가.
사실 나를 짓누르는 끊임없는 일은 없다.
우리는 그저 한 순간에 해야 할 그 하나를 하고 있을 뿐이다.
그건 일이 아니다.
삶 그 자체일 뿐이다.

매 순간의 주어진 삶을
그저 기꺼이 살아 주라.
매 순간의 일을 받아들이고
그 일 속에서 깨어 있어 보라.
일과 함께 현존하라.

...

'본다'는 것이야말로 우리가 가진 가장 위대하고도 신비로운 힘이다. 의도를 가진 관찰은 인간의 신비이고, 의도 없는 관찰은 부처님의, 하느님의 신비다. 의도를 가지고 볼 때 우리는 세상을 창조하며, 의도 없이 다만 바라볼 때 우리는 근원적 평화와 하나가 된다. 방편으로 삶을 멋지게 빚어 내려면 '의도를 가진 관찰'을 사용하되, 본질적인 삶과 하나 되려면 '의도 없는 관찰'을 이용하라.

I SEE YOU.

내가 상대를 보는 방식이 모든 것을 결정한다. 좋게 보려는 모든 의도는 방편으로써 물질적 결과를 만들어 내겠지만, 그것은 환영이며 신기루일 뿐이다. 그러나 있는 그대로 의도 없이 보는 것은 본연의 열반을 드러낸다.

...

진정 힘 있는 사람은
스스로 힘자랑을 하거나,
상대를 굴복시키지 않는다.

타인에게 불편함을 주면서까지
힘을 과시할 아무런 이유가 없다.
힘 있는 사람일수록 하심과 겸손이
자연스런 삶의 덕목이 된다.
그는 모든 존재가 독존적인 아름다움과
독자적인 삶의 방식이 있음을 안다.
높고 낮거나 강하고 약한 상대적인 힘은 끝날 때가 있지만,
비교하지 않는 데서 오는 다름의 존중과 인정의 방식은
종말이 없다.
모든 존재의 깊은 심연에 피어 있는
만발한 영혼의 꽃을 보게 된다면,
가지각색의 특징과 방식의 부처님이자 하느님이
삶으로 피어났음을 알게 될 것이다.

그렇다.
모든 이는 온전한 한 분의 부처님이며,
이 세상은 만 가지 꽃이 피어난 만행화의 눈부
신 정원이다.
나와 다르게 피어난 꽃이라고 해서
짓밟거나 꺾을 아무런 이유도 없지 않은가.
다만 겸손한 마음으로 한 분 한 분이 피어난 방식과
삶의 방식을 텅 빈 시선으로 바라보며
그분들의 삶을 통해 간접적인 방식으로
배우고 깨달아 갈 수 있을 뿐이다.

내가 타인을 용서할 때
세상도 나를 용서한다.

원한과 증오는
내가 나 자신에게 쏘는 활이며,
내 몸에 칼을 꽂는 것과 같다.
원한과 증오는 상대가 아닌
나 자신을 먼저 죽인다.
그렇기에 용서는 상대를 위한 것이 아닌
자기 자신을 위해 해야 하는 것이다.

용서는
내면의 원한과 증오,
다툼과 미움을 다 놓아 버리고
비워 버리는 명상의 한 방식이기도 하다.
마음 속의 모든 찌꺼기를
다 용서할 때
비로소 내면이 고요해지며,
공의 상태로 돌아간다.

용서야말로

명상과 치유의
핵심 에너지다.

내가 갖고 싶은 것을
상대에게 주라.
내가 누리고 싶은 것을
상대방이
누리게 해 주라.
칭찬받고 싶다면
먼저 칭찬해 주라.
내가 받고자
하는 것이 있다면
그것을

상대 방에게
먼저 내주라.

상대에게 주는 것이
곧 나 자신에게
주는 것이다.
주는 것은
곧 받는 것이다.
지금 내가
상대방에게 주는 것이
곧 미래에
내가 받게 될 것이다.

사랑과 소유

많은 이들이 사랑과 소유를 동격으로 여긴다. 사랑하면 당연히 '내 여자', '내 남자', '내 자식'이 되어야 하는 것이다. 그러나 이 세상 그 어떤 대상이 영원한 '내 것'일 수 있겠는가. 나 자신도 내가 아닐진대, 물건이나 사람이 어떻게 영속적인 내 소유일 수 있겠는가. 집착과 소유를 동반한 사랑은 그 끝이 언제나 고통과 슬픔일 수밖에 없는 태생적 한계를 안고 있다. 사랑하되 집착하지 말라.

부모는 자녀들이 자신만이 가지는 업의 무게를 스스로 감당할 수 있도록, 그들만의 특별한 삶의 꽃을 피워 낼 수 있도록 그만의 세계를 인정하고 허용하며 무대를 만들어 줄 수 있어야 한다.

부모가 살아온 인생의 무대만을 고집하며, 그 길대로 가야 한다고 주입하고 고집하면 자식과 갈등이 생겨날 수밖에 없다. 그들을 내 식으로 구속하지 말라. 사랑할지언정 집착하지는 말라. 배우자에게도 자식에게도 전적으로 기대거나 의지하지는 말라. 스스로 배우자나 자식이 자식 없으면 못 살 것 같은 그런 존재가 되지는 말라.

그들이 없어도 삶은 계속된다.

물론 서로 사랑하며 의지하고 사는 것은 아름다운 일이며, 우리는 누구나 서로 의지하며 살기 위해 이 세상에 왔다. 그러나 참된 사랑과 지혜는 그 모든 것이 꿈이나 신기루와 같은 것임을 알아 과도하게 집착하지 않고 욕망하지 않으면서도 그 모든 삶을 누리고 나누며 사는 중도적 실천행에서 오는 것이다. 자기 자신의 삶을 자기답게 살아나가되 인연 닿는 이들과 함께 관계 맺으며 사랑하고 살 수도 있다.

사랑하되 집착하지 않을 수 있으며, 의지하되 과도하게 기대지 않을 수 있고, 돌보고 키우되 지나치게 간섭하지 않을 수도 있다. 함께 있되 때때로 홀로 존재할 수 있도록 공간을 열어 줄 수도 있고, 홀로 존재할지라도 함께 나눌 수 있는 인연을 열어 둘 수도 있다. 이 양 극단인 것처럼 보이는 두 가지 길 속에서 조화로운 중도의 길을 걸을 때 삶은 균형 있게 자란다.

부모
와
자식

부모
의
욕망

"이렇게 자라야 해!"

"엄마의 방식을 따라야 해!"

"너를 위해 이것이 최선이야!"

"아빠가 시키는 대로만 하면 된다!"

고집이 강할수록 고통은 커질 수밖에 없다.

부모도 괴롭고 아이도 괴롭다.

아무리 좋은 육아 방식, 교육 방식일지라도

거기에 집착하는 것은 옳지 않다.

모두에게 통용되는 옳은 방식은

어디에도 없기 때문이다.

이것만이 옳다거나 이것만이 최선이라는 생각을 놓고

마음을 활짝 열 때,

참된 육아와 교육은 시작된다.

자신만의 훈육 방식을 따르되

이 방식만이 옳다는 생각을 내려놓고 마음을 열면,

그렇게 열린 부모를 위해 우주법계는

더 좋은 무수한 가능성과 지혜로운 훈육의 방식을

전수할 것이다.

...

죽은 아들 생각에 슬퍼하던 아버지가 저승까지 찾아가 아들을 만나 와락 안으며 말했다. "우리 아들, 여기 있었구나. 집에 가자. 많이 보고 싶었단다." 하지만 아들은 깜짝 놀라며 말했다. "이 끝없는 윤회의 시간 중에 잠깐 당신의 아들이었던 적이 있었지만 그것은 옛일일 뿐, 이제 저는 다른 분의 자식이 되었습니다." 아버지는 아들의 냉정한 태도에 실망해서 부처님을 찾아갔다. 부처님은 말씀하셨다. "부모와 자식, 배우자의 인연은 마치 여관에 묵었다가 아침이 되면 떠나는 나그네의 인연과 같습니다. 만나면 헤어지는 것이 당연한 이치인데, 자기 것이라 집착하여 놓지 못하며 번민하고 슬퍼하는 것이 사람일 뿐입니다." 아버지는 그제야 목숨이 덧없는 것이며, 처자식은 손님과 같은 것임을 깨달았다고 〈법구비유경〉은 말한다. 자녀에게 과도하게 애착하거나, 바라는 것은 곧 손님을 붙잡고 집착하는 것과 다르지 않다.

자녀에게
스스로 당당히 홀로 설 수 있는
기회를 주라.

스스로도 자녀의 성공을 통해 행복해지려고 하기보다는, 독자적인 즐거움을 찾아야 한다. 훗날 자식에게 "내가 네게 어떻게 해 주었는데, 네가 이럴 수 있느냐!"라는 말을 하지 않을 수 있도록.

...

우리는 우리의 자녀를 사랑할까?

내 아이는 좋은 성적을 받았으면 좋겠지만, 경쟁자인 다른 아이의 성적은 내 아이보다 못 하길 바란적이 있는가? 그렇다면, 그것은 내 아이조차 사랑하는 것이 아니다. 그것은 사랑이 아니라 애착이고 욕망이다. 부모들은 자식을 사랑한다고 생각하지만, 대부분 애착일 가능성이 높다.

성적이 떨어졌다고 혼을 내거나, 매를 대는 부모가 있다고 치자. 그 부모는 성적의 좋고 나쁨에 따라 아이를 칭찬하거나 혼을 내고 심지어 때리기까지 한다. 성적이 좋을 때는 뭐든지 다 해 주고 싶지만, 성적이 나쁠 때는 미워지고 화도 나서 때리게 되는 것이다. 이것은 사랑이 아니다. 자식을 위해 매를 댄다고 하겠지만, 그것은 자식을 위한 것이 아닌 자기 자신의 욕망을 위한 것이다.

성적이 좋든 나쁘든, 좋은 대학을 가든 안 가든, 나쁜 짓을 하든 안 하든, 그 어떤 것에도 상관없이 있는 그대로의 자녀를 있는 그대로 받아들여 주는 것, 그것이야말로 참된 사랑이다. 그래서 사랑에는 조건이 붙지 않는다.

존재 자체야 말로 사랑의 이유가 된다.

. . .

당신의 남편, 아내, 동료, 자녀가
지혜롭지 않고 제멋대로라 할지라도
전혀 문제될 것은 없다.
상대가 빨리 변화되기를 기다리지 말라.
타인을 바꾸려면
평생을 기다려도 끝나지 않을 것이다.

타인을 판단하지 말고,
타인의 행동에 습관적으로 반응하지 말고,
내 앞의 타인을 받아들이고,
그의 짜증스러운 말과 행동을
지켜보고 허용해 주라.

그동안 해 오던 대로 판단하며 반응하는 대신
인정하고 관찰하는
전혀 새로운 길을 선택할 수도 있다.
관찰을 할 때
사랑할 수 있는 공간이 생겨난다.
그리고 그 속에서
상대방 또한 깨어나는 것을 목격하게 될 것이다.

...

너무 과도하게 좋은 것도,
과하게 싫은 것도 갖지 말라.
좋고 나쁜 것은 본래 없으니.

다만 서로 다른 것이 있을 뿐이지만
사람들은 그것을 좋고 나쁘거나, 옳고 그른 것으로
판단하고 해석한다.
세상에 차이 나는 것은 있되 차별할 것은 없다.
좋고 나쁘다고 판단하는 순간,
좋은 것에는 욕심이
싫은 것에는 증오가 뒤따른다.

둘로 나누지 말라.
나누지 않고 다만 바라보는
제삼의 지혜로운 선택이 있다.

· · ·

내가 원하는 대로 삶을 통제하려고 애쓰던 마음을
얼마나 멈출 수 있는가.
인생이 자기 속도로 완벽하게 흐르고 있음을
얼마나 받아들이고 내버려 둘 수 있는가.

행복이란,
인생이 자기 속도로,
자기 방식대로 흘러가도록
얼마나 내버려 둘 수 있는가에 달려 있다.
내가 원하는 방식이 아닌 삶이 흐르는 방식에
얼마나 동의할 수 있는가.
자연스럽게 흐르고 있는
삶의 완전함을 보라.
그 흐름을 그저 타고 흘러가기만 하라.

. . .

내 의지대로 따라오도록
강요하지 않으면서도
충분히 사람들을 이끌 수 있다.
저마다 자기다운 방식으로 일해 나가는 것을 허용하면서도
조화로운 방식으로 문제를 조율할 수 있다.
원하고 집착하지 않으면서도
충분히 열정적으로 일을 해 나갈 수도 있다.
재산, 명예, 자녀, 직장 등 삶의 모든 것을 가지고 살면서도
소유하지 않을 수 있다.
이 세상이 꿈인 줄 알면서도
매 순간 열정과 최선을 다해 살 수 있다.
지금 이 모습 그대로 인정하고 허용하며
최선으로 순간순간을 살아나가면서도
이 모든 것에 속박 당하거나 사로잡히지 않은 채
'지금 여기'에서 충분히 자유로운 삶을 살 수 있다.

너 때문에
인생을 망쳤다고
말하지 말라.

너만 아니었으면
내 삶은
달라졌을 것이라고
말하지 말라.

사실은
그 모든 것이
내 문제요,
내 책임이다.
그 사람,
그 사건,
그 인생은
온전히
내가 불러들인
것일 뿐이다.

책임은
언
제
나
상대가 아닌
내게 있다.

수억 겁을
이어가는
윤회의
세월 속에서
당신은
그 언젠가
내가 슬피 울며
떠나 보내야 했던
내 부모이며,
배우자이자
아들이며,
딸이다.
만나는
모든 이가
나의 눈물겨운
가족이다.

사랑합니다,

나
의

가
족.

둘
이상의
아이를
키울 때

아이들 중 누가 더 옳은지, 더 훌륭한지, 더 잘했는지를
판단하거나 비교하지 말아야 한다.

부모가 옳고 그름을 따지는 재판관이 되기 시작하면 아이들
은 어떻게 하면 더 옳은 자식이 될 수 있을까를 두고 경쟁하
게 된다. 아이들에게 부모는 신과도 같은 존재다 보니, 다른
형제가 부모의 사랑을 빼앗아가는 적처럼 느껴지기 시작하는
것이다. 그래서 아이의 마음속에 '사랑 받으려면 형보다 더 잘
해야 되는구나!' 하게 되고, 좀 심하게 말하면 '우리 집에서 살
아 남으려면 저 녀석을 물리쳐야 하는구나' 하면서 경쟁 관계
가 시작되는 것이다. 부모는 아이가 '나는 사랑받기 위해 노
력할 필요가 없구나', '형과 싸우지 않더라도 나는 언제나 사
랑받는 존재구나' 하는 것을 느끼게 해 주어야 한다. 이는 학
교 친구나 타인과의 관계에서도 해당된다. **판단과 비교의
대상이 아닌 언제나 인정받고 사랑받는 존재
임을 깨닫게 해 주어야 하는 것이다.** 그랬을 때
이 세상은 생존 경쟁의 장이고 싸워 이겨야 하는 곳이 아닌,
협동과 사랑, 공생과 공존의 연기적인 자비의 장임을 저절로
깨닫게 될 것이다.

. . .

우리는 언제나 삶에서
체험해야 할 것만을 체험한다.
지금 내게 일어나는 일이야말로
내가 지금 이 순간 체험하고 배워야 할
정확한 바로 그것이다.

우주는 언제나 당신의 일과에 대한
정확하고도 자비로운 계획을 가지고 있다.
매 순간 충분히 체험하라.
그럼으로써
그 순간 배워야 할 깨달음을
분명히 깨닫고 넘어가라.
뒤로 미루지 말라.
바로 지금이
그것을 배우고 체험하고 느껴야 할
바로 그 순간이다.

지금 여기의 현재에.
주어진 삶에
나의 모든 것을 걸고
살아 있으라.

눈부신 오늘

...

어느 날 아라한 수행자가 탁발을 나갔다가
무릎에 아이를 안고 있는 남자를 보았다.
그는 잡아 온 물고기를 요리해 먹고 있었는데
개 한 마리가 다가오자 돌을 던져 쫓았다가
이내 생선뼈 하나를 휙 던져 주었다.
아라한이 혜안으로 살펴보니,
그 남자가 먹고 있던 물고기는 전생의 아버지였고,
개는 어머니였으며, 안고 있던 아이는 지난 생에
자신이 죽인 원수로 복수를 위해 아들로 태어난 것이었다.
아라한은 한탄하며 계송을 읊었다.

"아버지의 살을 먹고 어머니를 내쫓고,
지난 생애 자신이 죽인 적을 무릎에 안고
귀여워하는구나.
아내는 남편의 뼈를 뜯어먹고 있다.
윤회에서 일어나는 일들은 참으로 우습구나."
윤회에서 일어나는 일들!

· · ·

남편과 두 아들, 부모와 세 자매를 하루아침에 모두 잃어버린 '빠따짜라'라는 여인이 미친 사람처럼 소리쳐 울면서 거리를 헤매다 부처님의 처소에까지 이르렀다. 부처님께서는 그녀를 불러 다음과 같이 법문하셨다.

"남편과 아들이 끝까지 당신을 보호해 줄 수는 없습니다. 자식도, 친척도, 부모도, 어느 누구도 죽음이 닥쳐올 때 당신을 보호해 줄 수는 없습니다. 설사 그들이 살아 있다고 할지라도 그들은 당신을 위해 이 세상에 있는 것이 아닙니다. 다만 그들은 그들 자신의 업에 따라 존재했을 뿐입니다."

당신 삶에서 인연 맺고 살아가는 가족을 비롯한 그 모든 이들
이 무언가를 해 주기를 바라지 말라. 그들이 아무리 당신을
사랑하고 당신에게 헌신할지라도, 그들은 자신의 업에 따라
자신의 삶을 살고 있을 뿐이다. 모든 이들이 자기 영화 속의
온전한 주인공이다. 조연이 아니다.

그러니 내가 주인공이라고 타인을 내 뜻대로 휘두르려 해서
도 안 되고, 나를 위한 희생자가 되게 해서도 안 된다.

그렇다고 그들을 사랑하지도 말고 매정하게 인연을 끊고 살
아야 한다는 말은 아니다.

사랑하되 지나치게 간섭하지 말고, 애정으로
돌봐주되 과도하게 구속하지는 말라.

서로 사랑하고 의지하며 함께 삶의 길을 걷더라도 서로가 자
기 주체적인 생의 꽃을 피워나갈 수 있도록 저마다의 독립적
인 공간을 허용해 줄 수 있어야 한다.

요즘 학생들을 보면 끝도 없이 공부에 사로잡혀 있는 게 아닌가 싶고, 부모도 아이들의 성적에 과도하게 집착하고 있는 듯 보인다. 공부하는 데에 집착이 생기는 것은 공부를 못 하면 좋은 대학을 못 가고, 좋은 대학을 못 가면 좋은 직장에 취직을 못 하고, 좋은 직장에 취직을 못 하면 돈을 많이 못 벌고, 돈을 많이 못 벌면 행복하지 못할 것이라고 공식처럼 생각하기 때문이다. 그러나 그것은 다만 확률일 뿐, 진짜 행복과는 관계가 없다. 그동안 해 왔던 착각을 깨야 할 때다.

아이들에게 성공하면 행복해진다고, 돈을 번 뒤에 나누라고 말하지 말라. 어릴 때, 아무것도 없을 때, 무언가를 이루지 않았을 때, 그저 지금 이대로의 자신만으로도 충분히 행복하고, 기쁘고, 즐거울 수 있다는 사실을 온 존재로써 먼저 누릴 수 있어야 커서도 행복을 누릴 줄 아는 어른으로 성장한다. 혹시 나중에 행복하려면 지금의 고통은 감수해야 한다고 주입하고 있지는 않는가? 지금 행복한 아이만이 행복한 어른으로 성장할 수 있다. 그러려면 먼저 부모가 행복해져야 한다. 물질적 성공이나 외부에서 무언가를 더 가져오지 않더라도, 부모라는 존재 자체로 아이가 충분히 행복하고 풍요롭다고 느낀다면, 그 아이는 훗날 성공할 필요도 없이, 그 순간 그 자리에서 이미 성공한 것이다.

우리의 아이를 미래가 아닌 지금 행복하고, 지금 만족하고, 지금 성공한 사람으로 키우라.

성공과

좌
절

자식의
의 미

우주법계는 이 우주의 근원이
모든 존재에 대한 자비와 사랑임을
알려 주기 위해 자식을 보냈다.
자식에 대한 애틋하고도 짠한 사랑을
가만히 느껴 보라.
그 무한한 사랑이야말로
부처님의, 하느님의 사랑이
무엇인지를 힐긋 보게 해 주는 힌트다.

부모가 자식을
애틋하게 사랑하는 마음,
그것이 우주 전체로,
모든 존재에게로
확장되는 것이야말로
부처님의 동체대비며
하느님의 사랑이다.

나와 가까운 한 사람,
바로 그 단 한 사람과의
관계를 회복하라.

그 한 사람을
진심으로
사랑하고 돌보라.
가족이나 친구와 관계가 회복되고,
진정으로 그들을 사랑하게 될 때,
그 참된 지혜와 사랑은
우주 끝까지 퍼져 나간다.
그것이야말로
우주 전체와의
관계 회복인 것이다.
세상에 아무리 많은
영향을 끼치고,
아무리 좋은 책을 펴내고,
아무리 좋은 강연을 할지라도,
나와 인연 맺은
단 한 사람을
감동시키지 못한다면,
내 배우자와 아이에게
존경받지 못한다면,
그것은 진실이 아니기에
우주법계로부터
외면당한다.

3장

삶을
내려놓다

참이랑

눈부신 오늘

사랑으로
시작해
사랑에
도착하는
과정이다.

우리는 오직
사랑만을
경험할 수
있다.
그 어디에도
사랑 아닌 것은
없으니.
삶을
사랑하라.
만나는
모든 이와
따뜻한 사랑을
나누라.
사랑할 때
더 많은 사랑이
드러난다.

삶이라는 연극의
주인공이 되어
무대 위에서
희극과 비극의
급박한 상황 전개에
일희일비하기보다는,
그 무대 밖 객석에 앉아
전체를 바라보는
관람자가 되어 보라.

거센 파도에도
고요하고 평화로운 심해처럼,
변화무쌍한 현실 속에서도
언제나 평온하라.
변화를 즐기고, 삶을 마음껏 창조하며,
대자연의 경이로움을 찬탄하라.
주어진 삶을 완전히 받아들이며
놀이하듯 가지고 놀라.

박진감 넘치고 신명나는 삶 위에서
한바탕 놀이를 즐기되
그 어느 것에도 집착하지는 말라.
집착 없이 삶을 가지고 놀 때,
긍정과 새로움과 감동과 사랑,
고요와 평화 같은 덕목이
한꺼번에 밀려온다.
노는 가운데 쉬고, 신명나는 가운데 고요하다.

삶에

심각한 것이
없게 하라

그 무엇이든 너무 심각하게 생각하지 말라.
삶 속의 모든 것들이 가볍게 오고 가도록 내버려 두라.

세상의 일에는 본래 심중한 것이 없다.
다만 내가 거기에 집착하고, 의미를 부여함으로써
심각성을 보탰을 뿐.

본디 세상은 가볍고도 자연스럽게 흐르고 있다.
언제나 심각해지는 쪽은 나이지 세상이 아니다.

내 안의 심각성을 내려놓으면,
세상 본연의 자연스러움대로
모든 일은 가볍게 풀려 갈 것이다.

...

인과라는 법계의 이치를 신뢰한다면, 이 모든 것이 신의 섭리임을 믿는다면, 우주법계라는 지고의 법신이 주신 삶의 모든 것을 받아들여야 하는 것이 아닐까?

건강만 수용하고 질병은 거부한다거나, 부유함만을 받아들이고 가난은 거부할 수는 없는 것이다.
순경順境뿐 아니라 역경逆境 또한 신이 주신 것이다.
좋은 것이든 나쁜 것이든 그 모든 것이 법계의 가르침이다. 왜 삶이 우리에게 준 것 중에 내가 좋아하는 것만을 받아들이는가.

진리는 양쪽 모두를 주었다. 아니, 사실은 좋거나 나쁘다고 판단할 필요도 없는 중립적인 '어떤 것'을 주었는데, 우리가 생각으로 양쪽을 나누고 분별한 것일 뿐이다. 진짜 괴로움은 괴로운 상황이 아니라 괴롭다는 우리의 생각일 뿐이다.

해석과 분별없이, 있는 그대로 바라보면 모든 상황은 괴롭거나 즐거운 상황이 아니라 그저 아름다운 법계요, 온전한 섭리의 드러남이다.

주어진 삶 자체가 그대로 온전한 진리인 것이다. 그러니 삶을 받아들이지 않을 아무 이유가 없지 않은가.

. . .

우리 삶에는 좋은 일, 혹은 더 좋은 일만이 일어난다. 즐거운 일은 내가 지은 선업을 받는 것이니 좋은 일이고, 괴로운 일은 악업을 받는 것이지만 다르게 말하면 악업을 녹이고 없앨 수 있는 기회를 만난 것이니 더 좋은 일인 것이다.

'좋은 일'과 '싫은 일'을 나누어 놓고, 좋은 일은 더 가지려고 집착하느라 괴롭고 싫은 일은 미워하면서 거부하느라 괴로운 양 극단의 삶을 살지는 말라.

'좋은 일'이거나 '더 좋은 일'밖에 일어나지 않는 이 완전하고도 아름다운 행성에서의 삶을 받아들이며 살아간다면 우리 삶은 날마다 좋은 날. 날마다 해피엔딩의 나날이 이어질 것이다.

이 아름다운 삶 속에서 좋고 나쁜 모든 삶의 파동을 있는 그대로 받아들이고 허용하는 것 외에 우리가 삶에서 더 할 일이 무엇이 있겠는가.

. . .

지금 이 순간의 현실이 어떤 것이든
"옳다" 그리고 "아름답다"라고 말하라.
과거에 행해온 수많은 잘못들에 대해서
지금 이 자리에서 "괜찮다"라고 말하라.
그리고 용서하라.
삶의 매 순간은 그것 자체로
숭고하고 경이롭고 아름답다.
당신은 결코 '잘못'을 하거나, '죄'를 지을 수 없다.
스스로 그렇다고 여기기 전까지는.
우주법계는,
부처님과 하느님은,
심판하거나 벌하지 않는다.
심판하고 벌하는 유일한 존재는 나뿐이다.
그렇기 때문에,
당신은,
잘못했음에도 불구하고,
죄를 지었음에도 불구하고,
능력이 없음에도 불구하고,
가난함에도 불구하고,
남들을 괴롭혔음에도 불구하고,
매일 술을 퍼 마심에도 불구하고,
아내와 매일같이 싸움에도 불구하고,
이기적이고 나밖에 모름에도 불구하고,
그 모든 것들에도 '불구하고'
당신은 아름답고 경이롭고 온전하다.

...

내 삶 속의 사람을
있는 그대로 받아들이라.

싫어하는 사람이든 좋아하는 사람이든,

그 사람은 전체적인 관계, 진리 속에서 나타난 것이다.

그 사람은 바로 그때,

바로 내 앞에 와야 할 우주적인 이유를 가지고,

나를 돕기 위한 목적으로 나에게 온 것이기 때문이다.

결국 그 모든 일은 다 내 깊은 영혼의 선택이다.

어떤 사람을 만나든지, 어떤 일을 만나든지

그 모든 것은 삶이라는 깨달음의 여정을 돕기 위해

나와 우주가 합작해 만들어 낸 완벽한 삶의 시나리오인 것이다.

그렇기에 그 만남은 언제나 옳다.

그러니 우리가 할 일은 온전히 주어진 삶을 받아들이는 일이다.

분별하지 않고 받아들이는 바로 그 순간,

내 삶에는 기적과도 같은 변화가 일어난다.

경이로운 삶의 신비에 눈뜨게 된다.

그것이 모든 부처님의 길이며, 하느님의 길이요,

도道이기 때문이다.

인적 없는
텅 빈 들녘 소로를
구름처럼 걷다

고개 들어
눈길을 주니
앙상한 가지조차
선정에 든다

바람은
파도처럼 밀려오고
개울물 소리는
봄을 타고
귓전을 씻어 주네.

하 릴 없 는

　　　　삶
　　　　이

　　　　　　흐른다

삶의 양극

좋아도 과도하게 좋아하지 말고,
싫어도 심각하게 증오하지 말라.
옳은 것에도 과하게 절대성을 부여하지 말고,
틀린 것도 극단적으로 아니라고 몰아가지는 말라.

지독하게 싫어하는 것은 꼭 벌어지고야 만다.
과도하게 미워하는 것은 오히려 계속된다.
집착하고 애착하는 것과는
멀어지게 마련이다.
극단으로 나뉘고 대립하면, 우주는 그 양극을
서로 맞부딪히게 함으로써 새로운 균형을 맞춘다.
중도中道의 다툼 없는 평화를 꿈꾼다면
양극에 과도하게 치우치지 말라.
좋아도 과하지 않게, 싫어도 과도하지 않게 하라.

진정한
삶의 풍요

원하는 것을 얻은 후의
느낌을 원하기보다는,
가지지 않은,
있는 그대로의 느낌을 느껴 보라.
진실은 미래에 있을 '소유'의 느낌이 아니라
지금 여기에 생생히 있는
'존재'의 느낌 속에 있다.
원하는 것을 가지는 것이 아니라
있는 그대로를 가지는 것 속에
진정한 삶의 풍요가 있다.
없는 것을 가지려 애쓰기보다
분명히 있는 것을 가지고 누리며 느껴 보라.

있는 것도 가지지 못한다면
없는 것이 어떻게 깃들겠는가.

...

삶이 확정적이고
안정적이며 계획 가능한
영역 속에
머물기를 바라지 말라.

삶의 불확실성이 내포하고 있는
무한한 가능성과 잠재성을 보라.
삶이
명료하고 분명하며 상상 가능할 필요는 없다.
모든 삶의 계획과 설계는
임의적인 것이지
실제 그렇게 될지는 아무도 알 수 없다.

단 한 번도 상상하지 못했던,
감히 꿈꾸지도 못한
그 모든 놀라운 삶의 신비들이
당신 삶을 환하게 비추며
들어오는 것을 막지 말라.
그저 가슴을 활짝 열고,
닫아 두지 않은 채,
모든 가능성들이 파도쳐 들어오고 나갈 수 있도록
허용하고 받아들일 수 있을 뿐이다.
그저 그렇게 활짝 열린 마음으로
삶의 매 순간을 받아들이고 허용한다면,
우리는 매 순간이라는 경험을 통해
놀라운 속도의 깨어남을 경험하게 될 것이다.
그 어떤 고민도 없이, 해석이나 판단도 없이,
불안이나 초조, 두려움 없이도 자연스러우면서
가장 강력한 힘을 가진 사람으로 거듭나게 될 것이다.

...

매 순간 찾아 오는 기회를
외면하지 말라.

기회가 왔는데도 우물쭈물 주저하지 말라.
눈앞에서 손을 내밀며 잡아 주기를 간청해도
기회의 손을 뿌리치지는 않았는가.
기회를 자주 무시하다가는
기회를 잡는 법을 아예 잊을지도 모른다.
매 순간에 펼쳐지는 눈앞의 기회를 잡으라.
저질러 시도해 보라.
실패의 두려움 때문에 저지르지 못하는
그 마음이야말로 가장 큰 실패다.
성공을 방해하는 주범은
두려워하는 자기 자신이지 외부의 누군가가 아니다.
저질러 시도하고 마땅히 실패해 보라.
그것은 실패가 아닌 성공의 과정일 뿐이다.
진짜 실패는 시도조차 하지 않는 것이다.
우리는
저질러 경험하고 배우러 온
근원의 존재다.

...

지나치게 윤리적이거나, 모범적이거나,
사회나 사람들이 원하는 방식대로
살려고 하지는 말라.
마음 편히 놀고 사랑하고 일하고 시도하며
새로운 것에 도전해 보라.
새로운 것에 도전하고
성공도 하고 실패도 할 수 있는 자유를 선물하라.
절제하기보다는 저질러 보고,
조심하기보다는 시도해 보고,
물러서기보다는 한 발 나아가 보라.
매 순간에 주어진 새로운 삶을
새롭게 사는 것이야말로 삶의 목적이다.

삶을 죽이지 말라.
삶을 생생하게 살아내라.

"스님은
깨달음을
얻으셨습니까?"

다만
깨어 있는 행위만
있을 뿐이다."

"깨달음을
얻은 사람은 없다.

"스님은
참으로 위대하고
존귀하십니다."

"위대한 자도
존귀한 자도 없다.

다만
위대한 삶,
존귀한 삶이
있을 뿐이다."

지금 이 순간,
당신 앞에 펼쳐지고 있는 삶,
그 자체를 신뢰하라.

매 순간 피어나는 삶은
모두
아름답고 좋고 사랑스럽다.
당신 자신 또한 눈부시게 빛난다.
그 온전하고도 빛나는 삶을
최대한으로 누리고 즐기며 만끽해 보라.
삶을 축복하라.
사랑스러운 것들을 마음껏 사랑해 주라.
나 자신을, 나와 인연된 모든 이들을
찬탄하고 축원해 주라.

내면의 기분 좋은 느낌에 귀를 기울여 보라.

좋게 느껴지는 것이야말로
잘 해나가고 있다는 영감어린 증거다.
했을 때
행복하고 기분 좋아지는, 가슴이 뛰고, 열정을 쏟게 하는
그것이야말로
당신이 가야 할 삶의 길이
무엇인지를 알려 준다.

삶의 속도전을 멈추라.

죽을힘을 다해
경쟁에서 이기려고
아무리 달려갈지라도
도착지에 도착하는 순간
당신은 깨닫게 될 것이다.

한 발자국도
옮기지 않았음을.

당신은 이미
도착해 있기 때문이다.
삶의 유일한 종착지는
오직 '지금 이 순간'일 뿐이다.

. . .

삶은 부처님이나 하느님이
계획하고 설계한 것이 아니다.
그것은 언제나
내 깊은 영혼의 선택이다.
그 모든 것은 내가 수긍했고, 원했기 때문에 일어난다.
더 깊은 연기적 지혜의 관점에서 본다면,
큰 괴로움조차 나 자신에게 꼭 필요한 것임을 영혼은 알고
용기 있게 그 길을 선택한다.
어째서일까?
그것은 내가 지었기 때문이다.
내가 지은 것을 내가 받아야 하는 인과응보의 이치는
누구도 거스를 수 없음을 알고 있는 것이다.
그러니 누구를 탓하겠는가.

. . .

삶 전체에 대한 놀랍고도 자비로운 계획을
알게 된다면,
당신은 단 한 순간도,
삶의 그 어떤 것 한 가지도 바꾸고 싶지 않을 것이다.
지금 이대로 완전하다는 사실에 매료되어
그 어떤 것도 거부하지 않고
완전히 받아들일 것이다.

하루의 삶

새벽
나를 풍요롭게 하는 숲.
살아 숨쉬며 인위적인 간섭을 받지 않는
기분 좋은 숲길을 곁에 두고 산다는 건
더없는 축복이다.

활짝 열어 둔
너른 창문 바깥에서
찬 공기가 가녀린 바람처럼
향기로운 향내음처럼 다가와
온몸을 적셔 주는 아침.

차가운 대기가 경책하듯 다가와
성스러운 목욕을 시켜 주는
이 감촉을 가만히 느껴 본다.
관욕灌浴과도 같은
아침 의식을 치루는 동안
귀는 멀리서 들려오는
이름 모를 풀벌레들의 합창에
쫑긋 주의를 모은다.

두 눈은 습관처럼
창밖의 울울창창 치솟은
침엽수 초록빛 잎들과 만난다.
오감을 활짝 열 때
삶은 신비가 된다.

. . .

신기루 같은 세상에서
꿈을 꾸듯
삶이라는 연극을 이어간다.

허허롭고 자유하며
흥미로운 꿈 판 위를
춤을 추듯 유우流寓하는
어느 날!

· · ·

달아나려 애쓰지 말라.
달아나려 애쓸수록 오히려 더 가까워진다.
어딘가에서 벗어나려 애쓸 때,
그것은 오히려 지속된다.

삶의 모든 부분을 받아들이라.

거부하면 계속되지만
받아들이면 사라진다.

...

잠들기 직전을
오롯한 수행의 순간으로 만들어 보라.
불을 끄고 이부자리 위에 누워서 잠들기 직전까지
호흡에 의식을 집중해 보라.

들어오고 나가는 숨을 느껴 보고,
누워 있는 내 몸의 느낌,
바로 그 순간에 존재하는 나를
느껴 보라.

그렇게
호흡을 관찰하다가 잠이 들면,
잠자는 시간 전체가 수행과 명상의 연장이 된다.
온갖 잡생각들로 머릿속을 꽉 채운 채 잠이 든다면
그 수많은 상념들이 밤새도록 이어질 것이다.

자기 존재를 관찰하다 잠이 들면
잠도 깊을 뿐더러, 잠자는 내내 고요할 수 있다.
잠들기 직전의 수행이 중요한 이유다.
잠들기 직전의 의식 상태가
잠의 시간 전체를 좌우한다.

...

과거, 현재, 미래
모든 것이
지금 이 순간에 동시에 일어나고 있다.

그렇다.
지금 여기라는 현재 안에 과거도 있고 미래도 있다.
과거나 미래를 바꾸고자 한다면
현재를 살펴라.
지금 이 순간의 의식, 그것이 과거와 미래,
삶 전체를 결정짓는다.
매 순간 삶 전체는 결정되고 있는 중에 있다.

시공을 초월하는
전 우주의 역사를
우리는
지금 이 자리에서,
나라는 삶을 통해,
매 순간 쓰고 있다.

우리는
여행을 통해
자기 자신답게
사는 길이
무엇인지를
깨닫게 되고,
막막한 삶의
갈림길 앞에서
지혜로운 삶을
선택할 수 있는
우주적인 답변을
들을 수도 있으며,
앞으로의 삶을
어떻게 살아나가야
할지에 대해
대처하는 방식을
깨닫게 되기도 한다.

모든

해
답
은

내 안에 있다.

과거의
기억들로
오늘을
판단하거나
과거의
색안경으로
지금 이 순간을
평가하지 말라.

무심無心의
순간을
조금씩
늘려 보라.

생각을
놓는 순간
우리 마음은
짧은 평화를
경험한다.

· · ·

그다지 중요하지 않은 다른 일을 처리하느라 정작 해야 할 일
은 하지 못한 채 시간을 허비해 버린 일은 없는가?
쉬는 날 해야 할 계획을 세워 놓았지만 잠깐 집어 든 TV리모
컨 때문에 하루 일정이 틀어져 버린 적은 없는가?

왜 없겠나.

우리는 그런 일들을 무수히 많이 겪었다. 매 순간 겪으며 좌
절하고 있다. 그럼에도 불구하고, 여전히 주변의 온갖 소음과
정보들로 인해 나의 의도에서 한참을 벗어나는 수많은 일들
에 에너지를 낭비하고 힘을 소모한다.
문제는 그렇게 등장한 뜬금없고 의도되지 않은 생각이나 일
이 내 주의를 잡아끌어 일정 부분 현실로 창조된다는 것이다.
이것이 의도하지도 원하지도 않았던 수많은 일로 우리 삶이
복잡해지는 이유다. 그것은 우리가 끌어당긴 것이다.
부주의하고 깨어 있지 못한 마음이 그 모든 것
들을 끌어 모으고 수집해 온 것이다.

...

하루하루, 순간순간,
자신이 나아가야 할 바와 삶에서 원하는 바를 명확히 하라.
집중하는 것, 생각하는 것, 느끼는 것, 관심 가지는 것은 모두
현실을 창조한다. 그러나 우리는 스스로가 어디에 집중하고
어떤 생각을 하는지, 무엇을 느끼고, 어디에 관심을 가지는지
를 알아차리지 못한 채, 그저 이리 저리 끌려 다닌다. 그렇기
때문에 원하는 것이 현실로 선명하게 이루어지지 않는다.

먼저 의도를 분명히 하라. 지금 이 순간에 내
가 진정 원하는 것은 무엇인지를 스스로에게
물어 보라.

목표를 분명히 하면, 주변의 소음이나 잡다한 정보가 밀려올
때 '진정한 내 의도와 맞는 것인가?' 하고 질문을 던질 수 있
을 것이다. 그리고 다시 본래 원하던 방향으로 선회할 수 있
는 힘을 가질 수 있다.

하나를
할 때는
바로
그
하나만을
하라

노력을 하려거든
온 마음을 다해
노력하라.
아무것도
이루지 않기 위해.

그 무엇이든
다 이루면서도
하나도
이루지 않기 위해.

삶

은

할 수 있는 것은 힘써 행하고, 할 수 없는 것들
은 애써 붙잡지 말라. 내 안에 있는 생각, 말, 행동은
내 의지대로 바꿀 수 있지만, 내 밖에 있는 인기, 조건, 환경,
부, 명예, 존경, 인정은 바꾸기 어렵다. 경제력이나 돈은 바깥
경계이기에 마음대로 안 되지만, 풍요로운 마음이나 만족감
은 내면의 경계이기에 내게 달린 문제인 것이다. 그러나 사람
들은 바꾸기 어려운 바깥에 있는 것에 집착하고 마음을 쓰기
때문에 인생이 점점 더 괴로워진다.

아주

단순하다

남들이 나에 대해 나쁜 평가를 내릴 수 있으며, 나를 욕하거나 미워할 수 있다. 하지만 그것은 그들의 문제일 뿐, 내가 상관할 바는 아니다. 정작 바꾸어야 할 것은 나를 좋게 평가해 주기를 바라는 나의 마음이다. 공연히 내 의지로 바꿀 수 없는 외부의 것들을 바꾸려 애쓰지 말고, 내가 할 수 있고 바꿀 수 있는 것들에만 관심을 두고, 마음을 다해 보라. 그럴 때 비로소 모든 고통과 문제는 끝이 나고, 자유롭고 평화로운 삶이 우리 앞에 모습을 보일 것이다.

4장

고통을
벗어나다

반드시
괴로움을 겪을
필요는 없다.
삶에 고통은
필수가 아니다.
최악의 악행을
저질렀다 할지라도
그에 대한 처벌이나 과보를
반드시 받아야 하는 것은 아니다.
이 우주법계에는
당신의 잘못에 대해 심판하고
벌을 줄 그 누구도 없다.
다만 특정 행위에 따른
반작용만이 있을 뿐이다.

옳고
그른 것은 없다.
다만
'다른 것'이
있을 뿐.

좋은 사람
나쁜 사람은 없다.
다만
서로 '다른 사람'이
있을 뿐.

삶이란, 끊임없이 이어지는
중립적인 경험의 연속이다.
단지 삶을 경험할 뿐,
나쁜 삶이나 좋은 삶을 경험하는 것은 아니며,
죄를 짓고 처벌을 받는 것이 아니라,
작용 반작용의 법칙에 따라
삶을 경험하고 있을 뿐이다.
이것이야말로 우주법계의 근원적인 대자대비한
사랑의 법칙이다.
우주법계는 최상의 근원에서
그 누구도 심판하지 않으며,
판단과 분별없이 다만 사랑할 뿐이다.
부처님의 자비, 신의 사랑을 없앨 수 있는 것은
어디에도 없다.
우리는 괴로움을 경험하는 대신,
오직 끊임없는 자비와
사랑의 삶을 경험할 수 있을 뿐이다.
주어진 삶의 경험을
있는 그대로 판단하지 않고 허용하는 것,
그것이야말로 삶을 사랑하는 방법이다.
삶을 사랑하고 허용하며 받아들일 때,
우리는 무한한 사랑과 자비를 경험할 뿐,
괴로움과 역경을 끌어당기지 않게 된다.

괴롭고
순탄치 않으며
근근이
버텨야 하는
삶

우리는 나날이 행복한 삶보다는
문제가 있고,
그 문제와 힘겹게 싸우며 사는 삶이
정상이라 여긴다.
과연 그럴까? 결론부터 말하면, 그렇지 않다.
삶은 아무런 문제가 없다.
모든 것은 완전하며
넘치는 환희와 사랑으로 가득 차 있다.
핵심은
삶을 바라보는
인식과 의식에 있다.

문제는 삶이 아니다.
삶을 보는 의식과 방식이 문제를 만들어 낸다.
바깥의 세상이 아니라,
그것을 보는 내면의 관점을 바꿈으로써
삶 자체를 변화시켜라.

무외시無畏施!
두려움 없음의
보시를 자신에게
선물해 주라
두려워할 것은 본래
없으니

부처님은 이 세상을 참고 인내하는 세계라는 뜻에서 '인토忍土'라고 하셨다. 고통을 거부하지 말고 받아들이는 것이야말로 진정한 의미의 인내다. 그저 무작정 참으라는 말이 아니다. 그 괴로움을 직면하고 받아들임으로써, 그 고통 속의 의미를 찾으라는 것이다.

그러면 왜 받아들여야 하는 것일까? 그 고통은 진짜가 아니기 때문이다. 지혜를 알려 주기 위해 고통을 가장해서 나타난 삶의 장치였던 것이다. 괴로움을 진짜라고 생각하고, 거기에 힘을 실어주면, 괴로움이 우리를 집어삼키게 된다. 우리를 두렵게 만들고 회피하게 만든다.

그러나 괴로움이 왔을 때 '그래, 내가 졌다. 나는 괴롭다. 두렵다. 하지만 그런 두렵고 괴로운 나 자신을 허용하고 사랑한다. 충분히 괴로워해 주겠다'라고 인정하고 받아들여 보라. 받아들이는 것이야말로 진정 나 자신을 사랑하는 것이다. 두려움을 쿨하게 인정할 때, 괴로움을 손님처럼 받아들일 때, 힘을 잃고 만다.

괴로움도 두려움도 외로움도 나를 이길 수는 없다. 그것은 실체가 아닌 환영이기 때문이며, 우리는 그것들보다 훨씬 더 큰 존재이기 때문이다.

거부할 때 괴로움은 힘을 얻지만, 수용할 때는 힘을 잃고 백기를 들고 항복하고 말 것이다.

모든 일은

꼭 필요한
'일'이
꼭 필요한
그 '때'에
꼭 필요한
'만큼'
일어난다.

. . .

즐거울 때 즐거워하고
괴로울 때 괴로워하라.
다만 그 때가 다하면 빨리 제자리로 돌아오라.
금욕적으로 살기 위해
즐겁고 달콤한 일상을 다 포기할 필요도 없고,
여여한 수행자가 되기 위해
고통스럽고 괴로운 상황을 피해 달아날 이유도 없다.
명상이나 수행이라는 것은
어떤 경계에도 무감각해지거나,
무기력해지는 것은 아니다.

즐거울 때는 마음껏 즐거워하고,
괴로울 때는 마땅히 괴로워하라.
자연스럽게 고통도 행복도 다 받으라.
다만 거기에 너무 오랫동안 머물러 있지는 말라.
너무 깊이 빠져들거나,
너무 몸서리치게 거부하지는 말라.
그 때가 다할 때
가볍게 제자리로 돌아오면 그 뿐!
흔적을 남기지 말고 돌아오라.

...

우리의 몸과 마음 가운데
내 스스로 마주하기를 꺼리는 부분,
피하고 거부하려고 애쓰는 부분이야말로
나를 괴롭히고 아프게 만든다.
자신의 괴로운 기억들과 만나고,
싫은 성격과 대면하며,
몸의 아프고 불편한 부분을
직면해 보라.
꺼려지는 부분과 만나라.
만나고 느껴 보고 대화하며 관찰해 보라.
회피하지 않고 정면으로 마주하길 선택할 때 길은 열린다.
바로 그 문제 속에 답이 있기 때문이다.
언제나 답은 문제와 함께 존재한다.

. . .

괴로울 때 괴로움에서 벗어나기 위해
수용을 선택하면
괴로움에서 벗어날 수 없다.
그것은 참된 받아들임이 아니다.
참된 받아들임은
괴로울 때,
괴로움에서 벗어나기 위해
해왔던 노력을 멈추는 것이다.
이대로의 괴로움을 인정하고
괴로움 속으로 뛰어드는 것이다.
괴로워해 주겠노라고 대답하는 것이다.
괴로울 때 괴로워하는 것이야말로
괴로움을 다룰 수 있는
가장 뛰어난 무위의 방식이다.
방법 아닌 방법인 것이다.

···

문제가 생겼을 때,
그 문제를 해결하려고
온갖 수단과 방법을 찾아오던
그 방식을 내려놓아 보라.
문제가 생긴 것, 그것 자체가
바로 문제로서 온 것이 아니라,
내 삶의 참된 답으로서
온 것임을 인정해 보라.
문제는 문제가 아니라 답 그 자체다.
문제와 함께 있기를 선택해 보는 것이다.
그것을 받아들이고 온전히 누리고 경험할 때
모든 것이 주어진다.
답을 찾으려는 생각을
내려놓는 순간
이미 답 속에 있었음이
드러나는 것이다.

"역경 또한 신이 주신 것이다."

문제가
생겼는가?
사실 그것은
나에게
생긴
어떤
문제가
아니라,
중립적인
어떤 일이
그저
존재 위를
가볍게
스쳐 지나가는
것일
뿐이다.

나에게 온 큰 문제가 아니라, 나라고 동일시하고 있는 어떤 존재가 큰 문제라고 착각하며 거기에 머물러 사로잡혀 있는 상황이 벌어지고 있을 뿐이다.

외부의 어떤 문제가, 내부의 '나'라는 존재에게 다가와 주먹을 한 방 날린 것이 아니다. 그저 공원의 의자에 앉아 온종일 오고 가는 다양한 사람들, 사건들을 구경하듯 그 모든 일들이 그렇게 오고 가도록 내버려 둘 수도 있었다.

다만 그러지 못 한 채, 그 텅 빈 삶이라는 공원 속의 어떤 사람과 사건에 관심을 가지고 집착하기 시작한 것이다.

그러면서 모든 문제는 생겨난다.

외부에서 온 실체적인 것이 아니라 내부에서 만들어 낸 환영 같은 것이다. 문제를 당한 '나'도 진짜가 아니고, 그 문제조차 진짜가 아니며, 그 문제가 내게 와서 나를 괴롭히고 있다는 것 또한 환상이다. 이 모든 것이 마음이 꾸며낸 것에 불과하다!

언제까지 실체도 없는 마음의 장난에 놀아날 것인가.

실체 없이 흘러가는 삶 위의 구름과 같은 온갖 것들을 붙잡아 집착하면서 해석하고 분별하는 일만 그친다면,

모든 것은 그저 자연스럽게 흘러가는
구름 한 조각으로 남게 될 것이다.

...

몸이 좋지 않다는 생각,
건강하지 못하다는 생각,
바로 그 생각이 건강을 망치는 주범이다.
우리의 건강은 언제나 완전하다.
물론 내 마음에 들지 않을 수는 있겠지만.

술을 매일 마시면서
'이 술 때문에 내 몸은 망가지고 말거야'라고
생각하고 있다면
당신은 '술' 때문에 몸이 조금 망가지고,
연이어 그 '생각' 때문에 더 많이 몸이 망가지게 될 것이다.
언제나 술 그 자체보다
'술에 대한 생각'이 더 크다.
평생 술을 마시면서도 건강한 사람도 분명히 있지 않은가.
술을 마셔도 좋다는 말이 아니다.
어쩔 수 없이 마시더라도 가볍게 마셔야지,
술에 대한 온갖 좋지 않은 무거운 생각에 빠져
마시지 말라는 것이다.
두 번째 화살을 맞지 말라.
자신의 몸을 신뢰하라.
당신은 완벽히 아름답고 건강하다.
공연한 생각으로 자신의 몸을 두 번 죽이지 말라.

. . .

아무 이유 없이, 목적 없이 오는 경계는 없다.
삶에서 일어나는 모든 것들은 쭉정이가 없다.
다 필요하기 때문에 나타나는 것이다.
많은 사람들은 자신이 살아온 인생을 되돌아보며,
그때는 힘들었지만 이제 보니
다 이유가 있었노라고 말한다.
그 역경을 받아들이고 이겨 내지 못했다면
지금의 자신은 있을 수 없었을 것이라고 한다.

우리는 지금 자신 앞에 펼쳐진 삶의 의미를
다 이해할 수도 없고,
또 이해하려고 애써 노력할 필요도 없다.
숭산 스님께서는 "오직 모를 뿐"이라고 하셨다.
말 그대로 삶의 이치는 '오직 모를 뿐'이다.
다만 현재 주어진 삶을 온전히 신뢰하고,
받아들일 수 있을 뿐이다.
그 어떤 괴로움도 우리를 괴롭히기 위해 찾아오는 것은 없다.
근원에서 보면, 그 모든 것들이
나를 돕기 위한 자비의 손길이며,
지혜를 깨닫게 해 주기 위한 일들일 뿐이다.

삶의 역경은,
그것을 거부할 때 괴로운 것일 뿐,
있는 그대로 받아들이고 수용한다면,
삶이 가르쳐 주는 지혜를 배울 수 있는
방편이 된다.

설사 아무리 큰 잘못을 했다 할지라도,
그로 인해 죄의식과 두려움에 사로잡혀
두 번째 화살을 맞지는 말라.

나쁜 행동을 했을지라도
그것을 통해 깨달음을 얻고
참회의 기회로 삼을 수 있었다면,
오히려 긍정적일 수 있다.
가장 좋지 않은 상황은,
잘못한 뒤에 죄의식에 사로잡히는 것이다.
죄의식은 스스로를
죄악으로 옭아매는 것일 뿐이다.

그렇게 되었을 때
삶은 더욱 부정적으로 변한다.
자신을 죄의식으로부터
해방시켜 주라.
당신은 깨끗이 용서받을 수 있으며,
완전히 행복해질 수 있다.
당신은 충분히 행복해질 만한
가치 있는 아름다운 존재임을
스스로 인정해 주라.

. . .

삶의 여정은
생각보다 그리 멀거나 험난하지 않을지 모른다.
깨달음을 먼 미래의 일로 여기거나,
한참을 가야만 만날 수 있는 것쯤으로
생각지 말라.
삶이란,
머리에서 출발하여 가슴으로 도착하는
단순한 여정이다.
머리로 온갖 생각을 굴리며
끊임없이 고뇌하던 삶에서,
가슴으로 더 많이 느끼고,
있는 그대로 경험하며,
매 순간에 그저 존재하는 삶으로의 변화처럼이나
간단명료한 것이다.
사무실에서 더 많이 생각하기보다는
숲 속에서 더 많이 느끼고 감동해 보라.
인터넷에서 길을 잃고
헤매기보다는
계절의 변화와 바람과 꽃 한 송이를 품어 보라.
조금 덜 생각하고
더 많이 삶의 순간을 느껴 보라.

...

괴로운 일이 일어났을 때 당신은 어떻게 반응하는가?
어리석은 이는 남을 탓하거나 상황을 탓하면서 끊임없이 외부로 비난의 화살을 돌린다.
지혜로운 이는 그 모든 것이 자기로부터 시작되었음을 알고,
자기 자신을 탓한다.
완전히 깨어 있는 자는
자신도 남도 탓하지 않으며,
자신에게 일어난 일을 불행이라거나 행복이라고
해석하지 않은 채
아무런 동요 없이 그저 주어진 삶을 받아들인다.
그에게는 언제나 우주와 조화를 이루는,
일어나야 할 일이 일어날 뿐,
좋거나 싫은 일이 일어나지는 않는다.
그저 주어진 삶을 받아들일 뿐,
더는 할 일이 없다.
삶은 언제나 가볍고 자유롭다.

어떻게
믿느냐에 따라
세상은
그 믿음을
펼쳐 보이다

우주법계는 그 믿음이 옳은지 그른지는 관심이 없다. 관심이 없다기보다 옳고 그른 것, 좋고 나쁜 것은 본래 없기 때문이다. 옳고 그르거나, 좋고 나쁜 것은 인간의 분별일 뿐이다. 이처럼 우리는 우리의 신념대로 자기 세상을 창조한다.

자기 자신에 대해, 또 세상에 대해 당신은 어떻게 믿고 있는가? 자기 자신은 무능하다고 생각하는가? 세상은 위험한 곳이라고 생각하는가? 그렇다면 그런 세상이 만들어질 것이다. 나는 귀하고도 완전한 존재이며, 세상은 아름다운 곳이라고 믿어 보면 어떨까? 아름답고도 경이로운 삶이 드러나게 될 것이다.

가슴을 열어라.

세상의
모든 가능성을 향해
활짝 문을 열어 놓으라.

그 어떤
대상을 향해서도
문을 닫지 말라.

모든 것이
가슴 안으로
가득 파도쳐 오도록 하라.

…

좋은 것 속에
좋은 것이 없고
싫은 것 속에
싫은 것이 없는

그 해탈의
순간

. . .

자유롭게
어느 한 쪽을 선택하되
그 선택을
고집하지는 말라.

좋은 것도 없고,
싫은 것도 없다.

...

집착을 버리라고?
마음에서 집착을
버릴 수는 없다.
마음이 있는 한
집착은 계속되나니.

집착을 버리려는
그 마음을 버려라.

마음 없음.
무심無心이면
그대로 무집착이다.

· · ·

‘무엇’ 때문에
괴로워하고 있다면,
바로 그 ‘무엇’의 실체가
허망하다는 사실을
깨달아
목숨 걸고
쟁취하려 했던
바로 그 ‘무엇’이
사실은 그렇게
집착할 만한 것이
아니었음을 알게 될 때
바로 그 ‘무엇’에 대한
괴로움은 끝이 난다.

한 가지 문제가 생겨나면
그 문제를 거기에서 종결짓고 넘어가라.
현재의 문제를 미래까지 가지고 가지 말라.

상대방과 싸워 미운 마음이 생겼는데도
그 문제를 매듭짓지 않고 넘어간다는 것은
내 안에 미움의 씨앗을 품고 거름을 줌으로써
언젠가는 꽃을 피워 열매를 맺게 하는 결과를
내면에 품고 있는 것과 다르지 않다.
상대를 용서함으로써 미운 마음을 풀어 줄 수도 있고,
찾아가 대화로 해결할 수도 있으며,
스스로 잘못을 참회할 수도 있고,
그 미운 마음을 관찰해 해탈시킬 수도 있다.
어떤 방법이 되었든,

문제가 생겨난 그 지점에서
문제를 해결하고 넘어가는
습관을 들여 보라.
짊어지고 가면 업보만 키우게 된다.

진리는
그 무엇도
붙잡고 있지 않다.
항상 빈손이며,
텅 비어 있고,
자유롭다.

다만
우리 인간들이
스스로
붙잡을 것들을
하나하나
만들어
거기에
집착하면서부터
괴로움은
시작되었다.

...

최악의 상황은
최선의 상황으로
변화될 가능성이
가장 높아진 순간임을
의미한다.

언제나
극과 극은
서로 연결되어 있다.
최악의 상황에서
최고의 영적 각성과
진보가 일어난다.
그 최악의
상황이야말로
변화와 성숙이
일어나리라는
뚜렷한 메시지이며
힌트다.

...

실패란
불가능한
환상이다.
우리는
실패할 수 없다.
삶은 언제나
성공적이기에!

실패로 보일 수는 있어도
정말로 실패할 수는 없다.
실패라는 해석이 있을 뿐
실패한 삶은 없다.

실패, 그것은
성공의 한 부분이다.
실패를 긍정하고 환영하는 정도가
자신의 의식 수준과
삶의 질을 결정한다.

. . .

모든 분별을 놓아 버려라.
이 세상 처음부터
아무 일도 일어나지 않았고,
지금 이 순간에도 아무 일도 없다.
깨달음을 얻을 '나'도 없으며,
내가 해야 할 그 어떤 '수행'도 없다.
오직 쉬기만 할 뿐이다.
아무것도 할 것이 없다.

...

힘들다고 반드시
고통받아야 하는 것은 아니다.
고통받을 것인가 말 것인가는
언제나 환경이 아닌
나 자신에게 달려 있다.
고통스런 상황 속에서도
충분히 즐거울 수 있다.
어떤 조건과 환경 속에서도
언제나 행복을 선택하라.

당

신은

지금 이 모습 그대로, 이 조건 그대로, 심지어 최악의 죄를 지었다 할지라도 당신은 완전한 삶의 안전을 보장받고 있다. 더이상 앞으로 벌어질 끔찍한 일들에 대해 고민하고 두려워할 필요가 없다. 심지어 머지않아 죽게 된다 할지라도 아무런 상관이 없다. 그럼에도 불구하고 당신은 여전히 안전하다.

이 모든 것이 꿈속에서 일어나는 환영이기 때문이다. 당신이 자기 자신이라고 굳게 믿고 있는 그 모든 인격, 지위, 직업, 개성, 경제력, 심지어 몸과 생각까지 모두 진짜가 아니라 잠시 부여받은 꿈속의 배역일 뿐이다. 꿈속에서 어떤 일이 벌어질지라도 꿈꾸는 자는 언제나 안전하지 않은가. 그것이 꿈이 아니라 사실일 때 모든 문제는 문제가 되는 것이지, 그것이 꿈이라면 그 모든 문제는 전혀 문제가 될 수 없는 것이다.

안전

하다

당신에게 해를 입히는 사람, 상처를 주는 사람, 욕하는 사람, 사기를 친 사람, 그 모든 사람이 사실은 당신과 별개의 존재가 아니다. 꿈속에 등장하는 이들은 그가 선하든 악하든 모두가 꿈꾸는 자의 일부분이다. 거기에는 가해자도 피해자도 없다. 근원에서 보면, 인연 맺고 있는 모든 이들은 악역이든, 돕는 역할이든, 모두가 당신과 하나이다. 이것이 우리가 모든 사람들을 용서해 주어야 하는 이유다.

그 모든 일들이 꿈속에서 일어난 일임을 안다면, 용서할 것도 용서받을 것도 없이 그 모든 것들이 우리를 깨닫기 위해 잠시 만들어진 꿈속의 스토리임을 알게 될 것이다. 그렇기에 참 된 용서는 용서할 것도. 용서받을 것도 없다는 자 각에서 온다.

. . .

여기 당신이 진리와 얼마나 멀어져 있는지를 가늠하는 잣대
가 있다. 당신이 얼마나 깊이 환상과 신기루 속을 헤매고 있
는지를 알아볼 수 있는 간단한 실험이다.

내 생각이 옳다는 생각이 클수록,

상대방을 내 생각에 끼워 맞추려는 노력이 커질수록,

내 생각을 타인에게 강요할수록,

내 종교를 강요하거나 다른 종교를 인정하지 않을수록,

내 방식을 끝까지 고수하려고 애쓸수록

헛된 환영과 신기루 속에 깊이 빠져 있는 것이다.

참된 진실과는 멀리 있는 것이다.

환상으로 자기 세상을 창조하고 스스로 창조한
환영에 빠져 그것이 실체인 양 집착하고 있다.

그것만이 진짜이며 확실한 진실이라고 착각하면서.

· · ·

상대방의 문제나 억압된 감정을 풀어 주는 가장 중요한 방법은 상대가 자신의 문제나 억압된 감정을 지켜볼 수 있도록 해 주는 것이다. 그 문제로부터 도망치거나 억압하지 않고, 있는 그대로 받아들여 직면하고 관찰함으로써 거기에서 놓여날 수 있기 때문이다. 그러기 위해서는 해결책을 제시해 주려 애쓰거나 억지로 위로하기보다는 상대방의 마음을 받아 주고 억압된 감정을 인정해 줌으로써 그 문제와 직면할 수 있도록 해 주어야 한다.

상대방의 억눌린 감정을 들어 주고, 받아 주어 보라. 억눌린 감정과 마음을 표현하게 함으로써 스스로 관찰할 수 있게 이끄는 것이다. 감정 받아 주기는 곧 타인을 마음 알아차림의 수행으로 이끌며, '놓여나게' 해 주는 길이다.

스트레스 없는 삶을
꿈꾸지 말라.
스트레스로 인해
괴로워하며,
스트레스를 없애려는
바로 그 마음이
더 큰 스트레스를
만들어 내는 주범이다.
스트레스가 주어진
상황을 받아들여
다루어 나갈 때
지혜가 싹튼다.
스트레스를 향해
미소를 지으며
어서 오라고
손짓해 보라.
스트레스를
'받는' 대신에
'받아들여' 보라.
스트레스를 받으면
괴롭지만
받아들이면 즐겁고,
스트레스를 받으면
더 커지지만
스트레스를 받아들이면
줄어든다.

적당한
스트레스는
필수불가결한
삶의 요소다

'나'에게 이익될까를
계산하지 말고(무아상),
두려움 없이(무외),
분별하지 말고(무분별)
그
저
통째로 받아들여(섭수, 수용)
매 순간 경험함으로써(관, 깨어 있음)
생활수행은 완성된다.

. . .

상대방에게
거부감이 느껴지는 무언가가 있다면
그것은
싫어하고 거부하는
나 자신이 반영된 것임을 알아야 한다.
상대방에게서 보이는 것은
사실 내 내면의 어떤 부분이다.
만약 상대방의 부정적인 부분이 주로 보인다면
그것은 자기 내면의 부정성을 의미한다.

상대를 미워하는 것은
곧 자기애의 결핍을 말해 준다.
상대는 언제나 나를 비추는 거울이다.

. . .

불편함을 통해 또 다른 차원의 세상을 만나게 된다.
불편하기 때문에 괴로운 것이 아니라 불편한 가운데서
또 다른 차원의 즐거움과 행복이 드러나는 것이다.
현대 사회는 불편함을 못 이기고 끊임없이
사람을 편하게 만드는 다양한 과학 기술을 발전시켰지만,
그 편리함만을 따르다 보면 잃는 것이 더 많다.
때때로 원시적인 불편함을 스스로 선택해
그 속으로 들어갈 줄 알아야 한다.

불편함을 즐기는 가운데 피어오르는
삶과의 참된 접촉을 느껴 보라.

불편하지만 불행하지는 않음을 깨닫게 될 것이다.
불편한 것도 즐거울 수 있다는 사실을 깨닫는 순간
삶이 더욱 풍성해진다.
모든 것이 받아들여지고 가슴이 넓어진다.

다른

누군가가

나를
괴롭힐 수
있을까?

그 누구도 내 동의 없이 나를 괴롭힐 수는 없다. 타인이 나를 괴롭힌다고 느끼는 것은 사실 내 스스로 타인의 행위에 공격, 압박, 괴롭힘이라는 의미를 부여한 채 거기에 저항하고 거부하며 방어하는 것일 뿐이다.

사실은 타인이 나를 괴롭히는 것을 느끼는 것이 아니라, 내 안에서 일어나는 복잡한 내적 과정을 느낄 뿐이다.

누군가 나를 괴롭힌다고 느낄 때, 곧장 해야 할 중요한 일이 있다. 그 원인을 살피는 것, 즉 마음이 어떻게 그것을 '괴롭힘'으로 인식했는지를 살피는 것이다. 타인의 말이나 행위를 어떻게 해석하고 판단하는지, 좋아하거나 싫어하는지, 거부하거나 욕망하는지, 어떤 느낌을 만들어 내는지, 어떻게 그 느낌을 진짜인 것으로 믿게 되는지, 또 어떻게 그러한 전적인 내적 과정을 외부의 탓으로 돌리는 데 성공하는지 등을 면밀히 살펴보고 지켜보라.

이런 과정을 관찰하는 데 성공하게 될 때, 더 이상 그 누구도 나를 괴롭힐 수 없다는 사실을 알게 될 것이다. 지금까지의 외적인 삶 전부가 결국은 내적인 과정에 지나지 않았음을 보게 될지도 모른다. 나아가 온 우주가 안팎도 없이 툭 트여 무위로 한바탕 춤추는 아름다움을 보게 될지도.

· · ·

다만 왔다가 머물고 가기까지의
시간이 다소 견디기 힘들고
괴로울 수 있겠지만,
우리가 이 세상에 온 삶의 목적이
바로 그것을 견디고 이해하며
그로 인해 업장을 소멸하고
그 속에서 깨닫기 위함이라는 것을 생각해 보면
그 또한 진리다운 길이 아닐까.
부처님께서 이 세상을 고해요,
참고 견디며 인욕 하는 세계라고 하신
이유도 여기에 있다.

그러나 그 인욕 뒤에는
무한한 보배와 깨달음,
행복과 평안이 깃들어 있다.

두려워하지 말고,
부디 안심하라.
당신은 이 주어진 삶에서
완전히 안심해도 좋다.

무승

無繩

...

이 세상이 부조리가 많아서 괴롭다고 말한다. 가진 돈이 적어서, 원하는 대로 이루어지지 않아서, 세상이 나를 가만 두지 않아서 괴롭다고 말한다. 과연 세상이 나를 가만 두지 않는 것일까? 과연 세상이 나를 끊임없이 괴롭히고 구속시키고 있는 것일까? 그렇지 않다. 사실 세상은 단 한 번도 나를 괴롭히거나 속박시킨 적이 없다. 세상은 전혀 그럴 만한 힘을 가지고 있지 않다. 세상이 나를 구속시키고 괴롭히는 것이 아니라, 내 스스로 걸려든 것일 뿐이다. 무승자박無繩自縛, 누가 올가미로 묶은 것도 아닌데 스스로 묶인 것일 뿐이다. 사실 우리가 괴로운 이유는 내가 현재 상황을 괴롭다고 해석하고 있기 때문이다. 딱 그거 하나다. 내 인식이 나를 스스로 옥죄면서 옭아매고 있을 뿐인 것이다.

자박

自縛

당신이 생각하기에 세상이 나를 괴롭히고 있으며, 특정한 조건만 갖춰진다면, 세상이 내가 원하는 대로만 바뀐다면, 행복해질 거라고 여기고 있다면, 사실 그 생각을 통해 당신은 세상에 힘을 부여해 주고 있는 것이다. 세상에 힘을 부여하고 나 자신을 힘없는 존재로 창조하면서 나라는 존재를 세상의 노예와도 같이 나약한 존재로 만들어 내고 있는 중인 것이다. 이런 방식으로 우리는 우리의 힘을 외부에 부여한 채 스스로는 힘없고 나약한 존재라고 착각해 왔다.

내가 만들어 낸 분별망상이라는 생각에 내 스스로 갇혀 꼼짝달싹 못하고 구속당하고 있는 바로 내 앞의 현실을 있는 그대로 직시해 보라.

세상은 나를 괴롭히지 못한다.
내 스스로 자신을 꽁꽁 묶고 있을 뿐.

삶은
실체가
아닌
하나의
거대한
꿈이다

고통! 아픔! 그게 뭐라고 그 가짜를 받아들이지 못해 안달복달하며 심각하게 괴로워하는가. 그건 잠시 스치는 우리 인생의 박진감 넘치는 장치들일 뿐이며, 게임의 요소들일 뿐이다. 그건 진짜가 아니다. 신기루며 꿈이고 진짜처럼 보이게 해 주는 생동감 넘치게 기가 막힌 뛰어난 삶의 장치일 뿐이다.

5장

행복에
도착하다

아픔

작고 사소한 기쁨이라도
최대한으로 느끼고 누리며 감동하라.
큰 행복을 찾아 나서는 것은
'지금은 행복하지 않다'는 마음을
우주로 내보내는 것이고,
작은 행복을 누리는 것은
무한한 행복을 불러들이는 것이다.
내가 누리는 바로 그것이 미래에 찾아온다.
행복은 어렵지 않다.

작은 것에 행복하고
기뻐하는 습관이
더 큰 행복을 부른다.

세상
모든 것들은
있어야 할
명확한
이유를 가지고
그 자리에
있으며,
분명하게
떠날
이유를 가지고
그 자리를 뜬다.
바람에
흩날리는
나뭇잎
하나조차도.

지금 행복한가
아닌가가
중요한 것이
아니다.
행복이란
단순히
행복할 것인가
말 것인가에 대한
나의 선택일
뿐이다.
행복의 조건이
얼마나
충족되었는가는
문제가 되지 않는다.
행복의 결정권은
언제나 당신에게 있다.

언제나

행복을

선택하라.

. . .

세상 살기 힘들다.

도대체 어떻게 살아야 할지 모르겠다.

이런 말을 많이 듣는다. 사실 답은 매우 단순하다. 잘 살려고 애쓰고 궁리하는 그 마음만 놓으면 된다. 사는 것은 그냥 저절로 되는 것일 뿐이다. 살려고 애쓰지 않아도 삶은 그냥 살아지게 되어 있다. 그저 자연스런 삶의 흐름에 내맡긴 채 그냥 떠가는 빈 배가 되면 그 뿐이다.

자연스런 삶이 '사는 일'이 되어 버리는 순간 우리는 삶을 거스르고 다투게 된다. 나는 본래 없으니, 내가 어떻게 살아 보려는 모든 마음을 가볍게 내려놓고 그저 살아지는 대로, 삶의 흐름에 들어 보라.

'살아지고 있는' 바로 지금의 현실이야말로 실상實相이니, 다른 것을 애써 더 찾지 말라. 다만 살아지는 그 생생한 자기 삶을 판단 없이 들여다보라. 그것이 열반이고 실상이니 실상의 자리를 들여다볼밖에.

판단은 아상이라는 허상에서 오지만
살아지는 삶은 법계실상이니
허상을 붙잡지 말고 실상을 보라.

...

만약에 상황만 잘 갖춰진다면,
만약에 나에게도 저런 행운이 따른다면
정말 멋지게 해 볼 수 있을 텐데.
'만약에'를 되풀이하는 것으로는 그 무엇도 이룰 수 없다.
다른 상황, 다른 조건을 기대하지 말고 지금 시작해 보라.
내가 가진, 나에게 주어진 것만을 가지고도 충분히 시작
할 수 있다. 단, 저지르기에 앞서 지금 이 일이 나 개인만
을 위한 욕심과 집착에서 시작된 것인가, 아니면 이타적인
자비심이 바탕된 것인가를 분명히 해 두라. 만약 후자라면
일단 시작해 보라. 자비심이라는 원력이 그 일에 필요한
나머지 것들은 무엇이든 준비해 줄 테니.
되면 되는대로 안 되면 안 되는 대로, 그 모두가 잘 되고
있는 것이라는 굳은 믿음과 내맡김, 무집착을 품고 나아간
다면 그 무엇도 두려울 것이 없다.

두려움 없이 저지르는 것이야말로
최상의 힘이다.

행복해지기

위해

필요한 것은

행복해지려고 노력하는 것이 아니라,
다만 행복한 존재로 있는 것이다.
행복은 특정 상황에서 만들어지는 것이 아니라
행복하게 있기를 선택한 자만이 누릴 수 있는 것이다.
그러니 행복하기를 원하는 자는
다만 행복한 존재로 있기를 선택하기만 하면 된다.
행복한 상황이 먼저고
그 다음에 행복한 느낌이 따라오는 것이 아니라,
먼저 행복하게 있을 때 더 많은 행복한 상황들이
뒤따라 만들어지게 되는 것이다.
행복은
그것 자체가 원인이지 어떤 다른 것의 결과가 아니다.
우리는 언제나 행복의 원인으로 존재할 수 있다.
중요한 점은
내가 현재 어떤 상태로 존재하고 있느냐에 따라서
내가 존재하고 '있는' 바로 그 상태를
이 우주법계는 계속해서 내보내 줄 것이라는 점이다.
순간순간의 있음이야말로 자신이 어떤 존재인지를,
또 자신이 무엇을 원하는지를,
이 우주법계에게 말하고 있는 것이다.
'있음'으로써 당신은 이 우주에게 명령하고 있는 것이다.
이 우주법계는, 또 당신의 잠재의식은
언제나 당신의 '있음'을
계속해서 더 많이 있게 할 것이기 때문이다.
단순하다. 스스로 행복한 존재로 있으리라고
결정하기만 하면 된다. 그 선택권은 당신에게 있다.
결코 외부나 상황에 있지 않다.
그 결정권을 외부로 넘겨 주지 말라.

. . .

지금 이 자리에 이미 있는 것들만으로도 충분한 줄 알아야 한다. 지금 내게 있는 것보다 더 많은 것이 필요한 게 아니라, 바로 지금 이 순간에 있는 만큼만이 필요할 뿐이다. 지금 이 순간이라는 현재에 그것만이 주어졌기 때문이다.

언제나 지금 이 순간은 완전한 진실이다. 우주에서는 언제나 매 순간 그 사람에게 가장 필요한 것들을 보내 주고 있다.

만약 조금 부족하다면, 지금은 부족을 통해 삶의 의미를 깨달아갈 시간인 것이다. 그 사실을 바로 깨달아 주어진 것에 만족하며 그 순간에 온전히 자족하는 삶을 산다면, 그 수업 시간은 빨리 지나가게 될 것이다. 인생이라는 수업의 의미를 온전히 이해했기 때문이며, 우주법계라는 인생 학교의 교과 과정을 충실히 수용하고 이해하기 때문이다.

끊임없이 무언가를 해야 한다거나 하지 말아야 한다는 생각에 사로잡히면 곧장 경직되면서 방어하거나 저항하게 된다. 방어하거나 저항하지도, 거부하거나 사로잡히지도 않은 채 그저 허용하고 인정하며 주어진 삶을 충분히 살아내 보라.

슬플 때는 슬픔을 외면하지 말고 마음껏 슬퍼하라. 슬픔이 내 존재 위를 스쳐지나가도록 그저 허용해 주라. 지금 이 순간에 온 문제, 사건, 감정, 고통 등 그것이 무엇이든 바로 그것과 하나 되어 그것을 살아내 보라.

. . .

진정한 행복은 원하던 것을 얻었거나, 바라던 존재가 되었을 때 얻어지는 것이 아니다. 어떤 것을 소유하지 않더라도, 어떤 특별한 존재가 되지 않더라도 지금 여기에서 행복해질 수 있다. 행복을 얻기 위해 그 무엇을 얻을 필요도 없고, 그 어떤 존재가 될 필요도 없다.

행복을 찾아 어디로도 가지 말라.

어디로도 가지 말고 그 자리에 서 있어 보라. 참된 행복은 바깥으로 추구하던 모든 바람과 원함을 내려놓고, 언제나 여기 있던 자기 자신으로 돌아올 때 본래 거기에 있었음이 드러나는 것이다. 자기 자신의 전부를 받아들여, 더 나은 나를 좇던 마음을 멈춰 세울 때 드러난다.

당신은 이대로 완전하다. 어디로도 갈 필요가 없다. 그저 멈춰 서기만 하면 모든 것이 이미 충분했음을 깨닫게 되는 것이다. 특별한 누군가가 되려고 애쓰지 말고 다만 지금 여기 있는 자기 자신이 되라.

· · ·

기아로 허덕이는 아이를 만나면 누구나 돕고 싶은 마음이
저절로 생겨난다. 그것은 즉각적이고 직관적인 반응이지
생각으로 만들어 낸 것이 아니다. 그 직관과 가슴을 따르
면 아무 문제가 없다. 그러나 생각은 속삭일 것이다.

네가 재산이 얼마나 된다고 저 사람을 도와?
저 사람에게 주고 나면 너는 뭘 먹고 살려고?
순간 생각은 직관을 무시하고 만다. 나아가 자
신의 행동에 대한 정당성을 확보하고자 온갖 생각과 교묘
한 관념으로 무장한다. 이제 자신의 행동은 타당한 것이
되고, 논리적으로 어쩔 수 없었다는 자기정당성을 보장받
는다. 그런 것들이 생각이 하는 일이다. 언제나 생각은 자
기중심적이고 이기적인 쪽으로 방향을 튼다.

...

어떤 일을 해야 할지 말아야 할지 고민이 된다면 생각을 굴려 온갖 지식과 정보를 총동원하여 결론을 도출해 내려고 애쓰지 말라. 차라리 생각과 논리를 잠시 옆으로 비켜놓은 채 마음을 관함으로써 텅 빈 가운데 충만하게 피어나는 직관의 소식에 귀를 기울여 보라.

물론 직관이 어떻게 오는지, 이것이 직관이 맞는지를 아는 것은 다소 어렵다. 이에 비해 생각은 언제나 분명해 보인다. 그러나 겉으로는 분명해 보이지만 많은 맹점과 문제를 안고 있다. 직관은 옳거나 그르다고 딱 잘라 말하지 않는다. 그렇기에 직관의 소리 없는 소리를 듣고 따르기 위해서는 마음을 비우고 열린 가슴으로 귀를 기울여야 한다. 그래야만 꽃이 피는 소리처럼, 나뭇잎이 속삭이는 소리처럼 들리는 듯 마는 듯 연꽃 향기 같은 소식이 들려올 것이다. 촐싹거리며 생각을 휘둘러 이리 저리 오락가락 하지 말고, 자연스럽게 내면 깊은 곳에서 들려오는 직관의 소리를 들어 보라.

내 생각을 비우고 내면의 소리 없는 소리에 내 존재를 내맡기고 따를 때, 비로소 우리의 삶은 본래적인 흐름을 타기 시작할 것이다.

우리에게는 '있는 것'과 '있었으면 하는 것'이 있다.
'없는 것'을 욕망하며 살 것인가,
'있는 것'을 충분히 누리며 살 것인가?
단순한 선택이다.

나 한 사람의 나눔과 절약이
과연 이 지구에 도움을 줄 수 있을까?
나 혼자 음식을 낭비하지 않는다고
아프리카 어린이를 살릴 수 있을까?

그렇다. 그럴 수 있다.
직접적으로 돕는 힘은 작을지라도
그것이 다는 아니다.
한 사람을 돕는 순간
우주는 그 따뜻한 사랑의 정신을 기억한다.
나무 한 그루를 심을 때
지구의 여신이 맑은 호흡을 내쉰다.
물 한 방울을 아낄 때
그 마음은 우주 끝까지 전달된다.
한 사람에게 행하는
따뜻한 나눔과 사랑의 정신은
우주와 함께 공명하며,
그 파장은
인류가 함께 나누어 가지는 것이다.
이것이 나부터, 작은 것부터 먼저
시작해야 하는 이유다.
실천하지 못하는 타인을,
세상을 탓하지 말고
그저 내가 먼저 하라.
내가 정화되는 것이
세상의 정화다.

그것은 나보다 상대방을 더 많이 생각해 주고 아껴 주며 사랑해 주는 것이다. 내 앞에 있는 사람의 근심을 덜어 주고 행복하게 해 주는 단순한 방법으로 우리는 최상의 진리와 자비를 실천하게 되는 것이다. 이런 단순명료한 실천을 내팽개치고 뼈를 깎는 수행, 고차원적인 가르침들을 들먹일 필요가 있을까? 오늘 하루 내가 만나는 사람들에게 작은 기쁨과 행복을 안겨 줘 보라. 만나면 편하고 행복해지는 그런 사람이 됨으로써 당신은 지고한 사랑과 진리를 쉽게 실천할 수 있다.

지혜와 자비,
진리를
실천할 수 있는
가장 쉽고도
빠른 방법이
있다

. . .

늘 돈이 부족하다고 느끼는 사람은,
부족한 상황을 받아들이지 못하는 마음이 있어서다.
돈이 부족한 상황은 나쁘다는 편견에 사로잡힌 때문이다.
돈이 부족한 상황을
호의적으로 수용해 보라.

돈이 없는 것은 없는 대로 좋으며,
그 속에서 깨닫게 될 수많은 덕목이 있다는
그 사실을 받아들여 보라.
부족한 것에 대한 스트레스에 사로잡히지 않을 때,
돈이 없는 상황을 받아들일 때,
돈에서 놓여나 자유로워질 것이며,
더불어 풍요로움 또한 더 쉽게 깃들 것이다.

...

많은 사람들은 부정적인 사건에 대해,
잘못하고 있는 정치에 대해 끊임없이
탓하고, 논쟁하고, 욕도 하면서 스트레스를 풀곤 한다.
그러나 사실은 바로 그 부정적인 것에 말과 생각을
집중하는 순간 스트레스가 해소되기는커녕
더 많은 부정적인 일들을
자신의 삶으로 끌어들이고 있는 것이다.
될 수 있다면
나든,
남이든, 사회든
잘 하고 있는 부분이나
긍정적인 점에 에너지를 집중해 보자.
비판을 하려거든 내 안의 화를 내려놓은 채,
사랑하는 마음으로,
이타적인 마음으로
돕기 위한
자비의 비판을 해 줄 일이다.
그런 비판은 의도가 자비롭기 때문에
비판임에도 불구하고 좋은 것을 끌어온다.

...

미국 어느 묘비에 다음과 같이 쓰여 있다고 한다.

"인생을 다시 시작할 수 있다면. 다음에는 더 많은 실
수를 저지르며 살리라. 완벽하게만 살려고 하지 않으
리라. 매사에 여유를 갖고 긴장을 푼 채로 세상사를 받
아들이고 항상 몸을 부드럽게 가꾸며 살리라. 가능한
모든 일을 심각하게 생각하지도 않으리라. 자연의 운
명에 나를 떠맡긴 채 주어지는 일상에 감사하고. 또 더
많은 기회를 붙잡으리라. 더 자주 여행을 다니고 더 자
주 지는 노을을 바라보며 하루의 삶에 감사하리라."

아름답지 않은가? 실수를 두려워하지 않고 더 많이 저지르
며, 긴장을 풀고 삶에 심각하지 않으며, 자연의 이치에 나를
내맡긴 채 일상에 감사하고, 자연과 교감하며 살 수 있다면
우리는 죽음 앞에서도 두렵지 않을 것이다.

...

밤하늘의 반짝이는 별,
가을 하늘의 눈부신 푸르름,
새벽녘 붉게 물드는 산맥과
저녁나절 눈을 부시게 하는
햇살의 따스함,
이러한 작고 소박하지만
온 가슴을 물들이는
감동과 경이를 느껴 봤다면
당신은 이미 수행자이며,
구도자요, 명상가다.

하루 중 자주자주
자연의 작고 여린 소식에
귀를 기울여 보라.
자연이 만들어 내는
깊은 연주에 몸을 맡기라.
명상은 무언가를
억지로 해 내려는 데서가 아니라,
대자연과의
자연스럽고도 감동스러운
하나 됨 속에서 깊어지는 것이다.

이 세상에서
절대
손해 보지 않는
온전한 두 가지
행行은
선행善行과
수행修行이다.

선행은
복을
가져오고,
수행은
열반을
가져온다.

가족이나,
친지,
오랜 친구,
직장 동료,
가까운
인연은
내 안의
업이
투영된
관계다.

특별히 가까운 관계는,
특별히 내가
풀고 가야 할
삶의 과제가
무엇인지를 보여준다.
그들은 나의 내면을
드러내는
가장 확실한
거울이다.
가까운 인연과의 관계를
맑게 풀고 용서하고
가는 것이야말로
이번 생에
참된 성숙과
진보를 위한
가장 중요한 공부다.
삶 자체가
나를 성장시키는
마음 공부의
생생한 현장이다.

· · ·

더 행복한 내일을 위해, 더 나은 다음 순간을 위해,
더 나은 미래라는 목적을 위해
지금 여기를 허비하며 살 것인가,
아니면 그저 지금 이 순간이야말로
바로 그 '더 나은 때'임을 알고
당장에 '그 꿈의 순간'을 생생하게 살아갈 것인가!

현재는 원하는 곳으로 가기 위한 수단이 아닌
원하는 모든 것이 이루어진 바로 그 순간이다.
현재에 존재하는 것이야말로
삶의 목적이다.
미래에 있을 성취와 목적을 향해 달려가던
그 모든 행위의 상태를 잠시 멈추고
지금 여기에서 그저 존재해 보라.
지금 여기로 뛰어들어
그 순간을 충분히 경험하고 느껴보라.

. . .

남이 나에게 행복을 가져다 줄 수 있을까?
남편, 아내, 자녀, 친구, 도반?
주위의 누군가가
나를 행복하게 하는 것이 아니다.
누군가를 통해 행복해지려는 마음은
욕심이고 무지일 뿐이다.
모든 타인은 나에게 행복이 아닌
'깨달음'을 주기 위해 왔다.
그가 내게서 왜 행복을 빼앗아 가는지 염려하기보다는,
그가 내게 어떤 깨달음을 주려고 왔는지를 살펴보라.
그랬을 때 비로소 모든 인간 관계는
갈등과 구속을 넘어
깨달음으로 피어난다.

좋고 나쁜 모든 상대가
나를 깨닫게 해 주는
고마운 존재임을 잊지 말라.

...

행복이 온다고
잡으려 애쓰지도 말고
행복이 간다고
붙잡으려 애쓰지도 말라.

올 것은 오고
갈 것은 가도록
내버려 두라.
다
만
무엇이 오고 가는지
눈부시게 지켜보라.

· · ·

행복해지기 위해서는
무언가가 필요하고
어떤 특정한 조건 속에서만
행복할 수 있으리라는 믿음은
완전한 환상일 뿐이다.

지금 이대로
행복하다.
'행복하기 위한 특정한 조건'은
없
다.

아주 쉬운 생활 속의
명상 방법이 있다.
지금,
바로 다음 순간에
어떤 생각이
올라오는지를 살펴보라.
지금 이 순간,
바로 다음에는
어떤 생각이 일어나게 될까?
그 생각을 주시해 보라.
가능하다면 그 다음 생각이
어떻게 생겨났는지,
어디에서부터 생겨났는지를
깊이 관찰해 보라.
'다음 생각 찾기 명상'을
꾸준히 반복해 보라.
고요, 텅 빔, 평안이
먼저 찾아오겠지만

꾸준히 하다 보면
그 고요함을 뚫고
알 듯 모를 듯 깃드는
영감과 지혜를
발견하게 될 것이다.

오온五蘊

의

'느낌'은 나를 구성하고 만들어 내는 첫 번째 마음의 요소다. 나 자신에 대해 행복한 느낌, 풍요로운 느낌, 소중한 느낌, 존중받는 느낌, 기분 좋은 느낌을 느낀다는 것은 곧바로 그 느낌들이 더 많이 만들어질 수 있도록 자기 자신을 활짝 여는 것이다. 하루에 몇 번이고 좋은 느낌, 행복한 느낌, 소중한 느낌과 풍요의 느낌을 느끼는 연습을 해보라.

수온 受蘊

바로 지금 이 순간, 이러한 느낌을 느끼고 있는지를, 허용하고 있는지를 체크해 보라. 먼저 좋은 느낌을 느끼라. 그것은 이미 내 안에 있다. 이미 있는 것을 더 진하게 많이 느끼고 누리고 만끽할 때 더 많은 누릴 것들, 느낄 것들이 창조된다.

들이쉬는 숨을 관찰하면서 '감사'
내쉬는 숨을 관찰하면서 '사랑'

삶을 풍요롭고 행복하게 만들기 위한 매우 강력한 언어는 '감사'와 '사랑'에 있다.

매 순간 감사하는 삶을 살기 위해서는 최대한 감사하다고 말하고 생각하고 표현해야 한다. "감사합니다"라고 느끼고 말할 때 점점 더 큰 감사할 일이 생겨나기 때문이다.

또한 두 번째는 "사랑합니다"라는 표현이다. 나 자신에게, 상대방 모두에게, 그리고 매 순간의 삶에다 대고 '사랑합니다'라는 말과 느낌을 전할 수 있다. 자비와 사랑은 더 많이 표현될수록 더 큰 자비와 사랑으로 피어난다.

이러한 감사와 사랑을 매 순간 느끼고 누리고 표현함으로써 더 많은 감사와 사랑의 에너지가 우리 삶에 들어오게 하는 쉽지만 획기적인 명상법이 있다. 그것은 감사와 사랑의 호흡명상이다.

숨을 들이쉬면서 "감사합니다"라고 말하고, 숨을 내쉬면서 "사랑합니다"라고 말하는 것이다.

자주
고개를
들어
하늘을
바라보라

구름과 햇살과 파란 하늘이
만들어 내는 매 순간의
새로운 작품에 귀 기울이라.
거기서 한 줄기 평화를
누릴 줄 아는 이가 되라.
푸른 하늘이 속삭이는
소리를 들으라.

완전해지는 것이
우리 삶의 목적은 아니다.
그것이 목적일 때
목적을 이룰 사람이 얼마나 될까?
완벽이 아닌 나아짐을 목적으로 삼으라.

삶을 살아나가면서
얼마나 더 나아지고 있는지,
깨닫고 있는지,
배우고 있는지,
지혜로워지고 있는지,
그것이야말로 당신 삶의 목적이 되게 하라.

오늘 하루,
어제보다 나은 당신이 되었다면
당신의 하루는 성공적이다.

삶은
언제나 당신을 깨닫게 하기 위해
무한한 깨침의 가능성을
매 순간 선물해 주고 있다.

주어진 삶의 조건을
고스란히 있는 그대로 받아들이라.

내가 처한 독특한 상황,
자신이란 특별한 존재
그것이야말로 나에게 주어진 삶의 목적을
최적으로 완수할 수 있는
완벽한 조건임을 받아들이라.

나는 지금 이 모습 그대로의 '나'여야만 한다.
누구처럼 더 멋있었으면,
돈도 많았으면 싶겠지만 그런 모습이 아닌
지금 이대로의 모습이 내게는 꼭 필요한 것이다.

당신이야말로,
당신에게 주어진 현실이야말로,
당신의 삶을 완수할
놀랍고도
완벽한 시나리오다.

. . .

인도에서 50대는
산을 바라보는 나이이며,
60대는 산으로 가는 때라고 한다.
정년 즈음이 되면
누구나 그간의 곡절어린 삶을 정리하며
마음을 비우고 대자연에 깃들곤 하는 것이다.
그때까지 이루지 못한 더 높은 꿈을 향해,
더 많은 것을 얻고자 애쓰기보다는
생의 후반부를
참된 진리와 본질을 찾기 위해
산에 깃들어 삶과 자신을 관조할 일이다.
사실은 나이 쉰이나 산은 하나의 상징이다.
훨훨 날며 삶을 자기답게 꽃피울 때도 필요하지만,
그 기세를 끝까지 가져가기보다는

멈출 때를 잘 살필 줄 알며,
자기의 천진 성품인
내면의 산을 바라보고
그곳으로 들어갈 때가
누구에게나 필요한 법이다.
나의 쉰과 산은 언제인가?

...

모두들 잘 살아 보려고 애를 쓴다. 어떻게 하면 남보다 더 잘 살고, 풍요롭게 살고, 지혜롭게 살 수 있을지를 평생 동안 궁리하며 산다. 그런 모든 애씀과 인위적 노력들을 한번쯤 쉬어 보면 어떨까? 졸릴 때 우린 억지로 자려고 애쓰지 않는다. 그냥 저절로 잠이 든다. 숨 쉴 때도 억지로 쉬지 않고 그냥 쉬어진다.

삶이란 것도 마찬가지다. 살려고 애쓰지 않아도 그냥 살아진다. 계획하고 연구하고 궁리하며 심각하게 고민하지 않더라도 삶은 늘 자연스럽게 흘러간다. 물론 우리는 안 그린 줄 알고 힘주고 애쓰면서 살지만 한번쯤 돌이켜 힘을 빼고 삶의 흐름에 내맡긴 채 지켜보라. 애쓰는 '나'가 없어도, 저 혼자서 얼마나 잘 살아지는지.

그렇게 도달하려고 했던,
성취하려고 했고 완성하려고 했던,
바로 그 궁극의 자리에
우리는 언제나 서 있었고, 서 있으며,
언제까지고 서 있을 것이다.
숭고한 귀의歸依, 돌아감의 완성이
바로 지금 여기에 있다.
우리 모두는
집에,
고향에
도착해 있다.
다른 어디로도 갈 필요가 없다.

궁극적 완성은 특정한 '곳'이나 '때'와는 상관이 없다.
끊임없이 지속되는
작위적인 수행이나
열반을 향한 추구와 노력을
완전히 잊어버리고,
그저 지금 이 순간에 온전히
존재해 보라.
그래서 더 이상 아무것도 '할' 필요도,
'될' 필요도 없이 그저 이대로
충분히 풍성하게 존재하는 가운데
이미 피어 있는 장엄한 화엄華嚴의 꽃을 보게 되리니.

눈부신 오늘 (선샤인 에디션)

1판 1쇄 발행 2015년 5월 20일
2판 1쇄 발행 2024년 7월 5일

글   법상
펴 낸 이   신혜경
펴 낸 곳   마음의숲

편집이사   권대웅
편   집   조혜민
디 자 인   김은아
마 케 팅   정진희

출판등록   2006년 8월 1일(제2006-000159호)
주   소   서울특별시 마포구 와우산로30길 36 마음의숲빌딩(창전동 6-32)
전   화   (02) 322-3164~5 팩스 (02) 322-3166
이 메 일   maumsup@naver.com
인스타그램   @maumsup
용지 월드페이퍼(주) 인쇄·제본 (주)상지사 P&B

ISBN 978-89-92783-90-3 (03810)